徳間文庫

混沌《カオス》の城 上

夢枕　獏

徳間書店

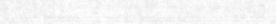

目次

序　章

元亀《げんき》二年（一五七一）九月十二日——

紅蓮《ぐれん》の炎が天を焦《こ》がしていた。

燃えているのは、比叡山延暦寺《ひえいざんえんりゃくじ》の根本中堂《こんぽんちゅうどう》である。

巨大な炎であった。

いつもの夜であれば、黒々と闇《やみ》の中に沈んでいるはずの、歳経《としへ》た杉の木立ちが、その炎を受けて、赫々《あかあか》と闇の中に浮かびあがっている。

その灯《あか》りと熱気の中で、夥《おびただ》しい数の人間が、狂ったように疾《はし》り、逃げ惑い、叫び声をあげている。

雑兵《ぞうひょう》。

僧兵《そうへい》。

僧。

女。

小童《こわらわ》。

雑兵が身に付けた甲冑《かっちゅう》が、炎で赤く染まっている。

雑兵が手にした刀の白刃《はくじん》が動くたびに、炎の色が、そこにぎらぎらと映る。その刃《やいば》が打ち下ろされると、その炎の色よりなお赤いものが、その刀身にからみつく。

刃と刃が打ち合わされる音。

紫の僧衣を纏《まと》った僧が、炎の中から飛び出してきた。僧衣の腰に、赤い炎がからみついている。その僧は、ほとんど意味をなさない叫び声をあげ続けている。

その僧を、雑兵が追った。

僧の背に、背骨を断ち割って、ごつんと刃が潜《もぐ》り込む。

つんのめるように、僧が倒れた。しかし、倒れても、まだ、その僧は、自分にからみついてくる炎から逃《のが》れようとでもするように、地面でもがいていた。

僧が動きを止めたのは、背から流れ出る血で、僧衣を燃やしていた炎が消えてからであった。

そこにいる者全員に、狂気が憑《とりつ》いていた。

「殺せ、殺せっ」

「女も、子供もだ！」

「容赦《ようしゃ》するな!!」

雑兵が、逃げまどう女の頭部を、頭頂から首まで、刀で両断する。

次の刃の一閃《いっせん》で、泣きじゃくっている、七歳ほどの子供の首を刎《は》ねる。

倒れ、起きあがろうとしている五歳ほどの女の子の後頭部に、刃の切っ先が潜り込む。

それは、ほとんど一方的な殺戮《さつりく》であった。

雑兵の数の方が、僧兵の数より、圧倒的に多い。

僧兵は、自分の身を守るのにせいいっぱいで、女や子供にかまっている余裕はない。

その僧たちの間に、囁《ささや》きとも、叫びともつかない声がかわされている。

「横川《よかわ》じゃ、横川の香芳谷《かほうだに》へ下《くだ》れい」

「そこまでたどりつけば、逃れられるわ」

僧兵たちは、全身に刀傷を受けながら、北へ向かって疾り出した。

比叡山の北、横川香芳谷――

そこを堅めているのは、羽柴筑前守秀吉《はしばちくぜんのかみひでよし》である。その秀吉が、女、小童、そして、叡《えい》山《ざん》の重宝《ちょうほう》を持った者を、大原方面へ逃《のが》れさせてくれるという流言《るげん》が、叡山側の僧たちの間にかわされているのである。

それは、流言ではなく、事実であった。

この時、織田信長《おだのぶなが》によって、叡山は徹底的な焼き討ちを受けている。

全山の人口、僧侶、老若男女、合わせて三千人余りのうちの、ほとんどが、信長によって殺されている。

徹底的な、というよりは、偏執狂《へんしゅうきょう》的な殺戮と破壊であった。

根本中堂のみならず、焼かれた寺院は、山王二十一社、東塔、西塔、日吉山王社《ひえさんのうしゃ》関係百八社、その他百八社に及ぶ。そこに納められていた、経典、仏像、宝物《ほうもつ》、古文書《こもんじょ》、ありとあらゆるものが灰塵《かいじん》と化したのである。

捕えられ、生命乞《いのちご》いをする女や小童までも、信長は冷徹に首を刎ねた。

かろうじて、瑠璃堂《るりどう》ひとつのみが、信長の焼き討ちを逃れて残ったばかりである。

叡山から脱出できたのは、わずかに、秀吉のいる横川から落ちた者のみであった。そのおりに、叡山の宝物、仏像の一部が、大原方面へ持ち出されて、焼失を免《まぬが》れたのであった。

惨劇の最中に、その情報を得た者が、炎の中を横川へ下ってゆく——

その時、すでに、炎は、叡山頂上近くにある、常行堂《じょうぎょうどう》にも及んでいた。

その常行堂の周囲でも、信長軍の雑兵と、叡山の僧兵との闘いが行なわれている。

と——

炎が高くあがった常行堂の後戸《うしろど》が開いて、そこから、ひとりの僧が疾り出てきた。

それを見つけた雑兵のひとりが、正面からその僧に斬りかかった。

「逃すかっ」

その刃が、僧に触れたかどうかというその寸前に、僧の姿が消えていた。

いや、消えたのではなく、僧は宙《ちゅう》に跳《と》んでいたのである。

雑兵の頭上を、軽々とその僧は跳び越えて、少しも速度を弛《ゆる》めることなく、また疾り出した。

雑兵の頭頂から、さっきまでなかった、一本の角《つの》が生えていた。それは、一本の、棒手裏剣《ぼうしゅりけん》であった。僧が、雑兵の頭上を跳び越えた時、宙から、下に投げつけたものであった。

声もあげずに、雑兵は地に倒れ伏した。

僧は、そのまま、杉の林の中に駆《か》け込んだ。

疾る。

疾る。

炎の灯りの届かない森の奥に入り込んでも、速度は落ちない。

先ほどの跳躍《ちょうやく》といい、夜の森で、これだけの速度で疾る能力といい、常人のものではなかった。

僧の疾り抜けてゆく周囲には、いくつもの僧兵や、雑兵の屍体《したい》が転がっている。まだ生きている者も、闇の中で刃を合わせて闘っている者もいる。

その間を、僧は疾り抜けてゆく。

さらに森の奥へ。

と——

憎が、ふいに、足を止めて、そこに身を伏せた。

息を殺した。

気配を断つ。

「無駄よ……」

その時、どこからか、ふつふつと、柔らかく泥が煮えたつような声が響《ひび》いてきた。

「ぬしの姿は見えておるでな――」

声は、どこから聴こえてくるのかわからない。

地の底からとも、頭上の杉の梢《こずえ》のあたりからとも、思える。

前、後ろ、右、左――そのいずれからも響いてくるようであり、頭に直接響いてくるようでもあった。

く、
か、
か、
か、
と、声の主が、低く嗤《わら》った。

「そうかよ。常行堂の後戸《うしろど》の神《かみ》、摩多羅神《またらじん》に隠してあったとはなあ。摩多羅神は、北斗七《ほくとしち》星《せい》の宿神《すくじん》。よくもまあ、ぬけぬけと――」

　しかし、僧は答えない。

「どこへゆこうとしておる？」

　声が訊《き》いた。

「北の横川へゆくなら、方角が違うではないか。ぬしの懐ろの摩多羅神は、北斗七星の夙《しゅく》の神ぞ。何故《なにゆえ》北へ行かぬ」

　僧は、周囲に気を凝《こ》らし、声の主《ぬし》の居場所《いばしょ》をさぐろうとした。

「ほう、なかなかのものではないか。おもしろい。叡山の坊主に飼われておる忍びが、そこまでやれるとは思わなんだ……」

　僧の気を察知《さっち》したのか、その声が軽い賛嘆の響きを帯びていた。

　しかし、声の主がどこにいるのか、僧にはわからない。

「横川へゆかぬのか――」

　声が言う。

「ふふん……」

　ようやく、僧が、口を開いた。

　会話をしながら、相手の居場所をさぐるつもりらしい。

「吉法師《きちぼうし》めの考えそうなことよ。山を攻めておき、横川を開けておく。さすれば、我らが、寺の秘宝を持ちて、そこから逃れ出ようとするとでも思うたか。自ら罠の中へ飛び込む者はおらぬわ」
「だからこそ、おれが来ておる」
声の主は、闇のどこかで嗤ったようであった。
ざわり、
と音がして、僧の横手の下生《したば》えの中から、ふいに黒い影が立ちあがった。
僧の身体《からだ》が、そこから跳《は》ねあがった。
黒い影との距離を瞬時《しゅんじ》に詰めた。
いつ抜いたか、僧の右手には、短い白刃《しらは》が握られている。
それで、黒い影の左の肩口から、斜めにおもいきり斬り下ろした。
ざっくりとした手応《てごた》えがあった。
しかし――
黒い影は、倒れない。
血も出てはこなかった。
「これは――」
僧が息を呑んだ。
眼の前に立ったその黒い影は、僧兵の屍体であった。
「どうだ、屍体相手に、しばらく闘ってみるかよ」

声と共に、僧の周囲に、ひとり、ふたりと、屍体が起きあがった。

起きあがったばかりではない。みっつの屍体は、その僧に向かって、奇妙な動きで、引《ひ》き擦《ず》るように、足を一歩前に踏み出してきた。

「あきらめて、懐ろの摩多羅神をそこへ置いてゆけい」

声が響く。

また、一歩、屍体が、僧に向かって足を踏み出してきた。

「ちいっ」

僧は、ひとつの屍体に向かって動き、その屍体の右腕を肩から斬り落としざま、そこを駆け抜けた。

疾る。

「無駄と言うたを忘れたか？」

さきほどと同じ大きさで、声が響いてきた。

「何者だ!?」

恐怖を押し殺して、僧が言った。

「飛《と》び加藤《かとう》――」

声が言った。

「何!?」

僧が、そこで足を止めていた。

「ぬしも、忍びなれば、おれの名くらいは知っていよう」

僧は、息を整え、

「知っている」

そう答えた。

「飛び加藤が、吉法師に飼われたか」

吉法師——信長の幼名である。

「飼われたのではない。我らが信長を選んだのよ」

「選んだ？　忍びが主《しゅ》を選ぶのか」

く、
く、
く、
と、楽しそうに声が笑った。

「もとより、我ら、忍びではない——」

「なんだと？」

「ぬしは、ここで死ぬる身よ。冥土《めいど》へ、土産《みやげ》を持たせてやろう」

「——」

「螺人《らじん》、飛び加藤に会って、殺されたという土産をな」

声が言い終えた途端、僧の眼の前に、霧が凝《こご》るように、黒い闇がわだかまり始めた。

何か、と見るうちに、それが人の姿になった。

「なんと――」

そこに現われたのは、その僧とそっくり同じ姿、顔つきをした、僧形《そうぎょう》の男であった。

「おれを、たぶらかすつもりか」

僧が言うと、

「おれを、たぶらかすつもりか」

僧の口調よりわずかに遅れて、僧形の男――飛び加藤が答えた。

声音《こわね》までも、僧にそっくりである。

「うぬ」

「うぬ」

僧が剣を構えると、わずかに遅れて、飛び加藤が剣を構える。剣の長さまでが同じであった。

僧が疾る。

飛び加藤が疾る。

間合いに入った。

「ぬう」

「ぬう」

僧が、飛び加藤の頭部目がけて、剣を打ち下ろした。

僧の動きが、飛び加藤より、先んじている。

僧の剣が、飛び加藤の頭部に、脳天から入り込んだ。

が――

霧を斬るように、手応えがなく、刃は、飛び加藤の、頭、眼と眼の間、首、胸とすり抜けて地をけずっていた。

飛び加藤が、刃をよけたのではない。

刃は、間違いなく、飛び加藤の肉体の中をくぐっている。

しかし、手応えだけがない。

飛び加藤が、にいっと嗤った。

飛び加藤の剣が、僧の頭部に打ち下ろされた。

僧の脳天からその刃が潜り込んだ。

頭、眼と眼の間、首、胸と、さっき、僧の刃が飛び加藤の肉の中を動いたように、飛び加藤の剣が、僧の肉体を斬り下ろして、地をけずった。

違うのは、それで、僧の身体が、みごとに両断されていたことである。

大量の血が、僧の肉体からしぶいて、僧は仰向《あおむ》けに下生えの上に倒れた。

飛び加藤の口元からは、まだ、あの嗤いが消えない。

そのまま、飛び加藤はかがみ込んで、僧の懐ろから、木彫りの神像を取り出した。

烏帽子《えぼし》を冠《かぶ》り、狩衣装束《かりぎぬしょうぞく》を身につけ、鼓《つづみ》を持っている、彩色《さいしき》された男の像であった。

後戸の神、摩多羅神の像である。

それは、血に濡《ぬ》れ、飛び加藤の刃を受け、両膝《りょうひざ》から下が消失していた。

両膝が消失したその像の断面に、空洞が見えている。

飛び加藤が、その空洞から一巻の巻物を取り出した。

「おう——」

飛び加藤が、喜悦《きえつ》の声をあげた。

「ついに手に入れたぞ、天台《てんだい》の『秘聞帖《ひもんちょう》』——」

その時であった。

倒れていた僧の右手が動いて、飛び加藤の右足首をつかんだ。

「むうっ」

飛び加藤は、僧の右手を剣で斬り落とし、大きく後方に跳んでいた。

「誰《だれ》だ……」

低い声で言った。

倒れている僧に、眼をやりもしない。

飛び加藤が周囲に放っているのは、視線ではなく、気であった。

飛び加藤の足首には、まだ、僧の、斬り落とされた手首から先がぶら下がっている。

もぞり、と、倒れている僧の身体が動く。

ふたつに断ち割られた身体が、別々に起きあがろうとしているのである。

しかし、起きあがれない。

足一本、腕一本のふたつの胴が、グロテスクな形状のイモ虫のように、下生えの中でのろのろともがくだけだ。

やっと、僧の右半分が上体を起こした。

脳は、頭部の断面から、半分以上もはみ出して垂れ下がっている。

僧の、唇《くちびる》が動き、半分の舌が、動く。

「かえ、せ……」

どうやらそう言ったらしい。

しかし、それは、音声になってはいない。

舌が、血の中で動く、湿《しめ》った音が、微《かす》かに届いてきただけであった。

それを、〝かえせ〟と、飛び加藤は聴いたのである。

飛び加藤がひと睨《にら》みすると、僧の半身は草の中に崩れて、動かなくなった。

もう一方の半身も動きを止めている。

「そこかっ」

飛び加藤が、後方に振り向きざま、剣を投げた。

剣が疾ってゆくその方向に、山伏《やまぶし》姿の男が、無造作《むぞうさ》に立っていた。

その額《ひたい》に、剣が突き立った——と見えた時、山伏姿の男は、ゆっくりと足を前に踏み出した。

男は、自分の額に刺さった剣を素通りして、飛び加藤の前に立った。

剣が刺さっていたのは、男の額ではなく、男の背後の杉の幹であった。

先ほど、僧の剣が飛び加藤を傷つけなかったように、飛び加藤が放った剣もまた、その山伏姿の男を傷つけずに、後方の杉の幹に刺さったらしい。

「大螺《だいら》一族の技、みだりに使うてなんとする?」

山伏姿の男が、飛び加藤に言った。

「ぬし、玄鬼《げんかい》——」

飛び加藤が、山伏姿の男に向かって、その名を呼んだ。

「その『秘聞帖』、吉法師めに渡すわけにはゆかぬ」

「ほう……」

飛び加藤の唇に、また、あの嗤いが浮いた。

「信長は、ぬしらが想像する以上の魔王ぞ。悪い夢は捨てい」

く、

く、

と、飛び加藤が声をあげた。

「全《すべ》て承知。だからこその信長よ」

「ぬしらの企《くわだ》て、黙っては見過ごせぬ」

「腕ずくで来るかよ、玄鬼——」

飛び加藤の眼が、すっと、細くなった。

「生命《いのち》あらば、蘭丸《らんまる》に伝えおけい。吉法師めに、『秘聞帖』、渡すわけにはゆかぬとな——」

「おもしろい。ぬしとおれと、どちらが上か、前から一度、試したいと思うておったところよ」

飛び加藤が、泥の煮えるような声で言い、ぬめり、と嗤った。

轟《ごう》——

と、叡山の杉が、天に向かって身をよじった。

第一章　異形《いぎょう》の闇《やみ》

一

その男は、真顔で武蔵《むさし》を見ていた。
「頼む、おれの親父《おやじ》を斬ってくれ」
と言う。
言いながら、手を合わせ、その男が、額《ひたい》を床にこすりつけて頼むのである。
頼んでいるのは、八ツ目《やつめ》村で百姓《ひゃくしょう》をやっている斎藤伊吉《さいとういきち》である。
伊吉は、今年で三十七歳になる。
七年前に、千絵《ちえ》という女と結婚し、ひとりの子をつくった。
父親の文三《ぶんぞう》はまだ存命で、一時期、八ツ目村の村長をやっていたこともある。
その文三を斬ってくれと、伊吉は言うのだった。

「しかしなあ——」

武蔵は、太い指で頭を掻《か》いた。

気乗りのしない表情であった。

困った顔をしている。

「頼む」

「しかし、文三はおれの知り合いだ。伊吉にとっては父ではないか——」

「その息子のおれが、親父を斬ってくれと言っているのだ」

伊吉は言った。

息子の自分が、実の父親を斬ってくれと頼んでいるのである。これはつまり、よほどの深い事情があってのことなのだ。身内の自分が父を殺す決心をしているのに、他人のあんたが何故《なぜ》迷うのか——言外にそう言いたそうな顔で武蔵を見る。

「うむ」

武蔵は、腕を組んだ。

胡坐《あぐら》をかいて、背を、壁にあずけている。ぼろぼろの板壁だ。板と板との合わせ目に、隙間《すきま》があり、そこから風が入り込んでくる。

濃い夏の風であった。

その風が、武蔵の蓬髪《ほうはつ》を、小さく揺らしている。

天井からは、灯《あか》りの点《つ》いていない裸電球がひとつ、ぽつんとぶら下がっている。

でかい男であった。

伊吉の身体が特別に小さいというわけではないのだが、武蔵と伊吉とでは、肉の量が倍近くは違う。

武蔵は、胡坐の間に鞘《さや》におさめた日本刀を立て、その柄《つか》を右肩にかけ、刀を抱え込むようにして腕を組んでいた。

長い蓬髪を、無造作に頭の後方で束ねている。束ねそこねた髪が、ぼうぼうと頭の周囲の空間に伸びている。

午後であった。

外からは、アブラゼミの声が届いてくる。

西側の壁の透き間からは、幾筋もの陽光が細く部屋の中に差している。

その光が、武蔵の素肌の上に、点々と斑《まだら》模様を造っていた。

武蔵の上半身は裸であった。

下半身には、ぼろぼろのジーンズを穿《は》いている。

素足であった。

逞《たくま》しい筋肉の束が、皮膚のすぐ内側に、潜んでいるのがわかる。太い、強靭《きょうじん》な蛇が、そこで身を休めているように見える。

分厚い胸が、武蔵の呼吸に合わせ、ゆっくりとせりあがり、また沈む。
皮膚の中に、そこらの岩を無造作に押し込んだような肉体であった。
首が太い。
その上に、不精鬚《ぶしょうひげ》の伸びた四角い顎《あご》と、よく締まった唇がある。
なにもかもが、ごつい造りであるのに、その眼だけが、子供のような光を溜《た》めていた。
愛敬《あいきょう》がある、と、そういってもいい眼であった。
ごつい面構《つらがま》えはしているが、案外、見かけよりも若いのかもしれなかった。
「頼む、殺してくれ」
と、伊吉が手を合わせる。
武蔵は困って、また頭を搔いた。
伊吉が、武蔵の元へやってきたのは、一時間ほど前であった。
「話がある」
と、やってきた伊吉は武蔵に言った。
伊吉は、憔悴《しょうすい》しきった眼で、武蔵を見た。
頰の肉が落ち、そこに濃く不精鬚が浮いて、病人のような顔つきをしていた。
「どんな話だ」
武蔵は訊《き》いた。

「実は、親父がおかしくなっちまったんだよ」

そう言って、伊吉は、話を始めたのであった。

二

伊吉が、父である文三の異変に気づいたのは、二カ月ほど前からである。
「ちょっと、出かけてくる」
そう言って、夜、外出するようになったのだ。
始めの頃は、三晩に一度くらいであった。
〝親父どのに、女ができたか〟
最初の頃は、伊吉はそう思っていた。
五年前に妻――伊吉の母が五十二歳で死んでから、ずっと独り身であった文三である。
その文三に、夜に通うような女ができたのは驚きだが、喜ばしい気持ちもある。
〝親父どのも男だったということよ〟
家で、食事がすむと、文三は出かけてゆく。
水商売の女ではないらしい。
酒の匂いをさせて帰ってきたことがないからで、だいたいいつも、三時間ほどでもどってくる。もし、酒のある店や、水商売の女が相手とするなら、街まで歩いて行って帰ってくるだけで、その三時間を使ってしまう。

だいいち、金がない。

だから、水商売の女ではないと考えたのである。

〝どこぞの後家か〟

まさか、二十歳前後の若い娘ではないはずだ。

朝まで一緒にいるわけでもなく、食事も家でしてゆくところをみると、相手の女にも家族がいるのだろうと思った。

女としめし合わせて、どこかで会っているのだろう。

仮に、相手の女が人妻であったら――

〝やっかいなことになるかもしれない〟

そのくらいの不安はあった。

しかし、人妻でないにしても、その女と一緒になると文三が言い出せば、困ったことになるのは同じであった。

この家で、その女と一緒に暮らすことになるからである。

嫁の千絵がやり難《にく》かろうし、伊吉にしても妻も子もいる三十七という歳になって、今さら他人を母と呼ぶ気にはなれない。自分とあまり変わらぬ年齢の女か、へたをすると、自分より歳下の女という可能性も出てくる。

それにしても――

と、伊吉は思った。

〝親父どのもお盛んなことだ〟

六十二歳という歳で、三晩に一度の割合である。

そのうちに、回数が増えた。

三晩に一度くらいであったのが、いつの間にか、二晩に一度くらいの割合で出かけるようになった。

――少し、度が過ぎるのではないかと、伊吉は思った。

時おり、話のついでに、

「どこぞによい女でもできたのですか」

文三に問うのだが、

「女か、それも悪くない」

曖昧《あいまい》に答えるだけである。

三晩に一度であったのが、二晩に一度になり、それが、そのうちに毎晩のように出かけるようになった。

さすがに、伊吉がおかしい、と思い始めたのは、半月ほど前のことである。

文三が仕事をしなくなった。

畑へ出ない。

出ても、仕事をせずに、ぼうっとあらぬ方を見ている。まるで、魂を何かに抜きとられてしまったという風である。

しかも、日毎に、文三の身体が痩《や》せてゆくのがわかる。

そのくせ、食事の量が増えている。

伊吉の三倍は食べるようになった。

飯があれば、あるだけ食べてしまう。

貪《むさぼ》り喰う。

飯が失《な》くなると、文句を言うようになった。

顔を赤くして怒る。

時には、千絵を蹴《け》る。

蹴った後で、凄《すご》い眼で千絵を見る。

欲情した男の眼つきである。

卑猥《ひわい》な冗談を言うようになり、昼間であっても、いきなり千絵にしがみついたり、千絵の胸や股間《こかん》に手を差し込んだりするようになった。

六歳になる娘のあやの目の前でもそれをする。

一日中、働きもせずにぼうっとしていて、たまに何かをすると思えば、千絵に手を出してくる。後ろから千絵の股間に手を入れてきたり、懐ろに手を差し込んで、乳房をつかんだりする。

そして、夜になると出かけてゆく。

ついにたまらなくなった。

〝親父どのは、何かたちの悪いものに憑《つ》かれたのではないか〟

そう考えた。

夜になると出かけてゆく文三の後を、伊吉がつけて行ったのは、十日前のことである。

家を出て、すぐ畑である。

野菜を作っている。

その畑の横の道を、文三は歩いてゆく。

月の明るい晩であった。

文三の歩いてゆく先には、黒々と森が見えている。

杉の森だ。

三〇メートルほど離れて、文三の後をつけてゆくのだが、身を隠す場所はない。

文三が振り返れば見つかってしまう。

しかし、文三は振り返らない。

気の早い夏の虫が、ちろちろと周囲で鳴き始めている。

夜霧に濡れた草を踏んでゆくうちに、先をゆく文三が森に入った。

すぐに、文三の姿が見えなくなる。

あわてて、伊吉は文三の後を追って森に入った。

しかし、すでに、文三の姿は見えなくなっていた。

森の中は、漆黒《しっこく》の闇であった。

灯りを点けようとしたが、点ければ文三に見つかってしまう。

もし、女とこの森の中で会っているのであれば、睦言《むつごと》をかわすその声くらいは聴こえてくるかもしれない。

しばらく、動かずに耳を澄ませた。

しかし、何も聴こえてはこない。

ついにあきらめて引き返すことにした。

家までくると、閉めてきたはずの入口の戸が開いている。

何やら、家の気配がおかしい。

声が聴こえている。

泣き声である。

娘のあやが泣いているのである。その声に重なって、もうひとつの声が聴こえていた。

女の声だ。

泣き声のようにも聴こえるが、そうではない。

伊吉のよく知っている女の、伊吉のよく知っている声だ。

千絵の声である。

伊吉は、妻の千絵が、どういう時にそういう声をあげるかよく知っている。自分の身体の下で、貫かれた肉を苦しげによじりながら、感極まった時に、千絵はそういう声をあげる。

眼を閉じ、顔を左右に振りながら、下から伊吉にしがみついて、自分の肉に生じている快美感を訴えるのが、その声であった。

心臓が鳴った。

あわてて家の中に走り込んだ。

暗い家の中に、窓から青い月光が差し込んでいた。

その月光の中に、獣の姿勢をとった千絵がいた。

四つん這《ば》いになった千絵の尻を、後方から文三が抱え込んで、激しく腰を動かしている。

千絵が、それをむかえて、こねるように尻をよじっている。

千絵の白い喉《のど》が真っ直ぐに伸びて、その唇からあの声が洩《も》れていた。

突かれる度《たび》に、重い千絵の乳房が大きく揺れるのが見えた。

あやが、文三の動く尻を、両手の拳《こぶし》で叩《たた》いている。

「やめてぇ、お母さんを苛《いじ》めないで」

泣きながら文三の尻を打つ。

「親父――」

伊吉が言った。

「くかかか」

と、文三が奇怪な笑い声をあげた。

「おまえが後をつけてきたのをわしが気づかなんだと思うたか」

文三が、腰を千絵の尻に打ちつけながら、ぎろりと伊吉を睨んだ。

にいっと白い歯をむいた。

森の中で、伊吉が耳を澄ませているあいだに、文三は、闇の中を疾って、先に家に帰りついていたのであろう。

文三は、前に手を伸ばし、千絵の両の乳房をつかんだ。そのまま、千絵を抱き起こす。

千絵を後方から抱え、文三が立ちあがった。

まだ、つながったままだ。

千絵の乳房を後方からこねながら、伊吉を見た。

爪先立《つまさき》ちになった千絵の唇の端から、涎《よだれ》が糸をひいている。

「親父」

伊吉が言った。

まだ、伊吉には、目の前の光景が信じられない。

「見たか」

文三がしわがれた声で言った。

「この女が犯されたがっておったから、犯してやったまでよ」

文三の指に力がこもった。

千絵の乳房が歪《ゆが》み、硬く尖《とが》った両の乳首が、文三の指の間から、あらぬ方を向いた。

それを眼にした途端に、初めて、伊吉に怒りが湧きあがった。

「千絵を放せ！」

叫んだ。

「わしを締めつけて、放さぬのはこの女よ」

文三が、唇を吊りあげる。

「糞《くそ》！」

伊吉が、壁に立てかけておいた、鍬《くわ》の柄《え》をつかんだ。

その時、文三の身体が宙に跳んだ。

つながったその姿勢のまま、片腕で千絵の身体を抱え、片手で頭上の梁《はり》をつかみ、さらに片手で大人ふたり分の体重を引きあげ、梁の上に乗った。

信じられない跳躍力と腕力であった。

人のそれではなかった。

文三のそれは、まだ、千絵の内部に後方から潜り込んだままだ。

か、
か、
と、文三が歯をむいて笑った。

黄色い文三の眼球が、目まぐるしく動いた。

激しく腰を動かした。

千絵が高い声をあげた。

同時に気をやったらしい。

びくびくと、ふたりの身体が、梁の上で震えた。

千絵の眼が、白く裏返っていた。

ふいに動かなくなった。

ふたりの身体が、床の上に落ちてきた。

どちらも動かなかった。

大きな、獣のような鼾《いびき》をかいて、文三は眠っていた。

千絵は、白眼をむいたままだ。

あやが、激しく泣きじゃくっていた。


文三の夜の外出は、その後も続いた。

伊吉は、何度かその後を尾行《つ》けたが、その度に、森で、文三の姿を見失ってしまう。

文三の姿が見えなくなると、家の方が心配になる。

何日か前のように、千絵が襲われるのではないか、そう思うと、森の中で文三を捜してはいられなくなる。

急いで家にもどる。

結局、森で文三が何をしているのかは、つきとめられないままになった。

千絵は、あの晩以来、時おり、濡れたような視線で、文三を見ていることがある。

本人が意識しているのかどうかはわからないが、あれは、明らかに欲情した者の眼だ。

千絵を犯した後、ふいに眠ってしまった文三は、翌朝眼が覚めた時には、自分が何をしたかということを忘れてしまっていた。昨夜、自分が何をやったか、まるで覚えてもいない様子であった。

昨夜のことを訊《たず》ねても、何も知らんと首を振るばかりである。

――わざと忘れたふりをしているのかもしれない。

そういう思いも、伊吉にないわけではない。しかし、それを口にはしない。

かたちばかりではあったが、前と同じような生活が始まった。

あの晩のことは、悪夢であったのだと、伊吉は思い込もうとした。しかし、思い込もうとすればするほど、白い尻を後方から抱えられていた千絵の姿が脳裡に浮かんでくる。

その映像が浮かぶと、肉の中で、何かが、焼き切れそうになる。

しかし、伊吉は、それに耐えた。

文三の夜の外出は相変わらず続き、さらに、文三の肉体は痩せ衰えた。

頬肉はこけ、両方の眼球のその形状が、はっきり見てとれるほどになった。

双眸《そうぼう》だけが、異様な光を放つようになった。

あの晩以来、あやは、文三に、明らかな敵意を抱いているようであった。

敵意というよりは、怯《おび》えである。

よほどのことがない限り、文三の身体に触れようとしない。

「腹が減ってたまらぬ」

よく喰うくせに、文三は、すぐに腹が減ったと口にする。

食事の時には、あっという間に、どんぶりに五杯は食べてしまう。

食事の後、瘦せ衰えた身体で、その腹だけが、ぶっくりふくらんでいるのは異様であった。

しかし、三十分もしないうちに、ふくらんでいたその腹は、嘘《うそ》のようにへこんでしまう。

「瘦せたなあ」

文三は、細い指で、自分の頰や、あばらの浮いた胸を撫《な》でまわす。

「何か、滋養のあるものを喰わねばな」

そんなことを、独り言のようにつぶやいた。

あやの姿が見えなくなったのは、四日前だという。

畑の仕事をしている時、あやは、伊吉の眼の届くところで遊んでいたのだが、ふと気がつくと、そのあやの姿が見えなくなっていたのである。

これまでも、そういうことがなかったわけではない。遊びに夢中になって、親の眼の届かない場所まで行ってしまうことも、何度かあった。

しかし、そういう時でも、いずれはあやはもどってきたのだが、四日前にいなくなったあやは、それっきり夜になっても家にもどって来なかったのである。

心あたりを訪ねてみたが、それでもあやは見つからない。

その晩も、その翌日も、あやはもどっては来なかった。

伊吉と千絵は、必死であやの姿を捜した。

「そのうちにもどって来るだろうよ」

文三の反応は素《そ》っ気《け》ない。

以前は、伊吉や千絵以上に、あやを可愛がっていたはずの文三の言葉とは思えない。

真相がわかったのは、二日前の晩であった。

夜に外出する、文三の後を、今度は、伊吉と千絵が尾行したのである。

伊吉は、何かのおりに、武器にするつもりで、鉈《なた》を手に持った。

満月に近い月が出ていた。

その青い光の中を、文三は、やはり森の中へ入ってゆく。

伊吉と千絵が、文三を追って森の中へ入っていった。

しかし、文三の姿は、すでに見えなくなっている。

いつもであれば、家に残してきたあやや千絵のことが心配になってもどるところだが、あやは家にはおらず、千絵は一緒にここまで来ている。

丹念に、森の奥まで捜した。

その音に、最初に気づいたのは、千絵であった。

こり、
こり、
と、いう音だ。

堅い歯が、堅いものを齧《か》じる、小さな音だ。
背の体毛がそそけ立つような、ぞくりとする響きがある。
かつん、
という音もする。
堅いものを嚙み切った時に、歯と歯がぶつかる音だ。
伊吉と千絵は、その音のする方へ近づいて行った。
黒々とした灌木をそっとくぐり、その陰から音のする方に眼をやった。
天から、青い月光が、そこにこぼれ落ちていた。
その中に、うずくまっている黒い影があった。
その影が、小さく、小刻みに動いている。
伊吉の父、文三であった。
そのうずくまった背中が見えているのであった。
さっき耳にした音は、その文三がたてていたのである。
音は、その時も聴こえていた。
堅いものを齧る音だけではない。
くちゃ、
くちゃ、

という、湿ったものを噛む音も聴こえてくる。

「あ、あれ――」

千絵がかすれた声をあげた。

文三がしゃがみ込んだ横の地面から、不気味なものがはえていた。

小さな、子供の足であった。

その時、伊吉と千絵は、文三が何を食べていたかを、ようやく理解したのであった。

伊吉は、呻《うめ》き声に似た叫びを、その唇から洩らした。

それに、文三が気づいた。

文三が、しゃがんだまま、ゆっくりと伊吉の方に向きなおった。

文三は、両手に、小さな子供の右腕を握り、それを口に咥《くわ》えていた。

「親父、それは、あやの手か!?」

伊吉は叫んだ。

「そうだよ」

低い声で、文三は答え、口の中で、齧じりとったばかりの肉を噛んだ。

「やはり、孫の肉は美味《うま》いのう」

「あ、あやを殺したか」

伊吉が、声を震わせて言った。

「おう。生きながら、はらわたを啖《くろ》うてやったわい」

文三が、あやの腕の肉を呑み込みながら言った。

「親父！」

伊吉が、鉈をふりあげた。

「おまえが、飯を腹いっぱい食わさぬからじゃ」

きひ、
きひ、
と、文三は笑った。

怒りのため、伊吉の身体が動かない。

そのうちに、ぷつんと、伊吉の身体の中で何かが音をたてて切れた。

「くわっ」

伊吉は叫んだ。

叫んで飛びかかっていた。

父の文三目がけて、鉈を打ち下ろした。

鉈が、空《くう》を切った。

文三が横へ飛んで逃げたのだ。

伊吉は、頬を打たれていた。

文三が、横へ逃げる時に、右手に握ったあやの腕で、伊吉の頬を叩いたのだ。

むき出しになった骨と肉が、伊吉の頬を打った。

娘の肉だ。

娘の骨だ。

「ほれ」

文三が、逆に、その娘の腕で打ちかかってくる。

伊吉は、獣の声をあげて、文三に斬りかかるが、信じられない速さで、文三が逃げる。

逆に、文三に、したたかに打ち倒された。

伊吉が倒れた隙《すき》に、文三が、横にいた千絵に飛びかかった。

逃げかけた千絵に、後方から飛びかかり、抱き抱えていた。

千絵を抱えて走り出した。

「次は、この女をもろうたぞ」

そのまま、疾《はし》った。

夜だというのに、凄い速さであった。しかも老人である。どこにそのような力があるのか。

伊吉は、走ってその後を追った。

しかし、追いつけない。

ついに、文三と千絵の姿を、見失っていた。

それが、二日前の晩であった。

朝まで待っても、文三も千絵ももどっては来なかった。

昨日、一日、伊吉は、千絵と文三の姿を捜したが、見つからなかった。

それで、今日、伊吉は武蔵のところまでやってきたのであった。

三

「それは、〝蟲《むし》〟だな」

武蔵は言った。

「〝蟲〟?」

「蟇蟲《ひきむし》か、その仲間の蟲に、文三は刺されたのだろう」

武蔵は、まだ、剣を抱えたまま、考えている。

「しかし、蟲は、十年も前に絶滅させられたと――」

「それが生き残っていたということだな」

武蔵が言った。

北陸一帯で蟲が猛威をふるっていたのは、十年以上も前のことである。

それを丹術士《たんじゅつし》の連中と城の兵が協力して、このあたり一帯からは、すでに蟲はいなくなっているはずであった。

「彌勒堂《みろくどう》の役人には知らせたか？」

武蔵が訊いた。

「知らせたが、まるで、とりあっちゃくれない。おれたちのことなど、どうなってもいいみたいだな」

「やはりな」

「だから、あんたなんだよ。彌勒堂だのなんだのと言っても、金が無い人間には、何もしちゃくれないんだ」

伊吉の眼の下には、隈《くま》ができている。

それが、伊吉の顔を、人間離れしたものに見せている。

「礼は？」

武蔵が訊いた。

「金はない」

伊吉はそう言って押し黙った。

「もし、親父を斬って、まだ、千絵が生きていたら――」

「生きてたら？」

「千絵が、うんと言うなら、千絵を抱いてもいい。その後で……」

伊吉は口ごもった。

「なんだ」

「千絵をころ……」

伊吉が堅い表情でそこまで言った時、

「抱いたら、別の誰かに頼んでおれを殺させるかよ――」

つぶやいて、武蔵は微笑した。

武蔵が組んでいた腕をほどいた。

「伊吉の親父どのは、今、どこにいるのだ」

伊吉に訊いた。

「夜千ガ森《やちがもり》か」

「たぶん、森の中だろうと思う」

「そうだ」

「これからゆけば、夜になるな」

「行ってくれるのか」

「いずれ、な」

武蔵がうなずいた。

剣を握った。

「頼む」

「しかし、その前に、ひと仕事せねばならぬな」

「ひと仕事?」

「ああ、外にな、客が来ているのだ」

「客?」

「あんたをここまで尾行してきた客さ」

ぬうっと武蔵が立ちあがった。

大きい。

天井に頭がぶつかるかと思えるほどであった。

立った武蔵の肉体から、むうっと肉の風圧のようなものが、伊吉に向かって漂《ただよ》ってくる。

剣を背に負った。

土間に降りて、素足に、古いスニーカーを履《は》いた。

眠っていた羆《ひぐま》が、起きあがったような迫力がある。

軽く、スニーカーの爪先で扉を蹴って開けた。

外へ出る。

大きくのびをした。

太い首を回して、周囲を見た。

のどかな風景が、遅い午後の陽光の中にあった。

小屋の周囲を包んでいるのは、草であった。

一面に雑草の茂った土地があり、その草地を囲んで、樹《き》が生えている。

欅《けやき》や、櫟《くぬぎ》や、椎《しい》の樹が、そこに雑然と生えていた。

「おい、出て来いよ」

武蔵は言った。

「そうやって、いつまでも藪蚊《やぶか》に血を吸わせていることもあるまい」

武蔵が、言い終えたかどうかという時、大きな欅の下にあった藪が音をたてた。

そこから、三人の男が出てきた。

そのうちのふたりは、その身に武器を帯びていた。

日本刀を腰に差した者がひとり、長い槍を持った者がひとり、そして、残ったもうひとりは、身に何も武器らしいものは帯びてはいなかった。

「何か用があるのかい」

武蔵は言った。

「用はあるが――」

日本刀を、腰に差した男が言った。

「おまえにじゃない。あんたの小屋に、さっき入って行った男が、ひとり、いるだろう。その男に用があるんだ」

「用件は、かわりにおれが聞くよ」

武蔵が言うと、男の顔に笑《え》みが浮いた。

いやな笑みだった。

「それはつまり、かわりに、おまえが怪我をしてもいいってことだな？」

訊いてきた。

「まあ、そうだな」

言った武蔵の太い唇に、太い笑みが浮いた。

男の笑みとは比べものにならない、惚《ほ》れぼれするほど、いい笑みであった。

ふたりの男たちの間に、殺気が疾り抜けた。

「ふふん」

その殺気を、微風のように受けて、武蔵は、逞しい、白い歯を見せた。

武蔵は、悠然とそこに立ったまま、三人の男を眺めている。

男たちから放たれている殺気が、大気の中に急速に張りつめてゆく。

武蔵は、心地良い風にでも吹かれているように、その殺気を楽しんでいる風であった。

その武蔵の眼が、わずかに細められた。

「ふうん……」

太い指で頭を掻いて、

「ふたりか――」

つぶやいた。

ふたり――と武蔵がつぶやいたのは、殺気を放っている人間の数である。三人と向き合って、彼らの放ってくるものを受けてみれば殺気を放っているのはただ、ふたりである。ひとりの男だけが、殺気を放っていない。

殺気を放ってくるのは、槍を持った男と、日本刀を差した男だ。殺気を放ってないのは、三人のうち、ただひとり。武器を身に帯びていない男であった。

槍を持った男は、古びた迷彩服《めいさいふく》を着ていた。

持っているのは、双股《ふたまた》に先の分かれた槍である。その槍の切っ先が、武蔵に向かって大きく突き出されている。それを腹の中に突っこんで、ひと回しすれば、内臓は引っ掻きまわされて、ずたずたになる。その時は、生きていたとしても、それは、時間の問題で、絶対に生命は助かりようがない。

日本刀を身に帯びた男も、着古した迷彩服を着ている。その腰のベルトに、一本の日本刀が無造作に差し込まれているだけだ。

武器を帯びていない男は、どこかの工場のものらしい作業衣の上下で身を包んでいる。

その作業衣の上着のポケットに両手を差し込んで、昏《くら》い、鈍く光る眼で武蔵を見ていた。

武蔵の背後で、小さく、木の軋《きし》る音がした。

伊吉が、戸を開けて、外の様子をうかがおうとしたのである。

「来るな、伊吉」

振り返らずに、武蔵が言った時であった。

槍を持った男が動いた。

「つえいっ」

武蔵に向かって、大きく足を踏み込みながら槍を突き出してきた。

脅しの突きではない。

様子を見るための突きでもなかった。

そのまま、武蔵の分厚い胸板を貫く、必殺の気合いのこもった突きであった。

武蔵は、一歩も動かなかった。

そこに突っ立ったまま、無造作に左手を伸ばした。

武蔵の胸に届く寸前で、双《ふた》つの槍先が止まっていた。

武蔵が、突き出されてきた槍の刃を留めてある柄の部分を、左手でつかんで止めたのである。

おそるべき、腕力と握力であった。

相手と、桁違《けたちが》いの腕力がなければ、とてもできるものではない。

自分に向かって突き出されてきた槍を、片手で握り止めたのだ。

腕力も必要だが、さらにスピードも必要になる。

武蔵の肉体は、並みはずれた運動能力を有しているらしい。

しかし、その時には、すでに、地を滑るように、日本刀の男が武蔵の左側に向かって動いていた。

両手に、すでに抜き放った日本刀を握り、武蔵の真上から、それを打ち下ろしてきた。

みごとなタイミングの良さであった。

このふたりは、この手で、いくつも修羅場《しゅらば》をくぐり抜けてきたのだろう。申し合わせたように動きがいい。

きん！

金属音がした。

武蔵が、真上から落ちてくる日本刀を、左手で握っていた槍の刃で受けたのである。

槍の柄を、武蔵の左手が、むしるように折り取ったのだ。

武蔵が折り取った槍の刃と刃の間で、きれいに日本刀が受けられていた。

武蔵が、軽く、左手に握った槍をひとひねりすると、槍の股の間の日本刀の刃が、あっさりと折れていた。

やっと、武蔵は半歩、動いた。

左に向かって、浅く足を踏み込み、右手で背の剣を引き抜いた。

引き抜きざま、打ち下ろしていた。

後方に退《ひ》こうとしていた男の脳天から、武蔵の豪剣の刃が潜り込んでいた。

長い剣だ。

男が退《さ》がっても、なお男にその刃が届く。

柔らかな果実を切るように、片手で軽く打ち下ろしただけの剣が、男の額、鼻、唇、顎、喉と、男の頭部の中心を、肩の高さまで垂直に断ち割っていた。

男の左右の眼が、その間に潜り込んだものを見ようとするように、中心に寄った。

男の頭部が左右に割れた。一瞬、きれいな、灰色の脳の断面が見えたが、それが、たちまち赤くしぶくもので見えなくなる。

武蔵の頬目がけて宙を疾ってくるものがあった。

槍を持った男が、すでに刃先のない柄の先で、武蔵の顔を突いてきたのである。

首を揺らして、武蔵は、それを横に流した。

「返すぜ」

左手に握っていた槍の穂先を、男目がけて投げた。

いくらも力を込めたとは見えないのに、槍の双つの金属部分が、男の胸に豆腐の中に潜り込むようなたやすさで全て潜り込んでいた。

「あがが!?」

男は、何か声をあげようとした。

意味のある言葉を発しようとしたらしいが、それは言葉にはならなかった。

持っていた槍を放し、男は、信じられないような顔で、自分の胸からはえているものを見つめた。

その、胸からはえているものを両手で握った。

それを引き抜こうとした。

引き抜く前に、男の口から、赤い血がふき出た。男が咳《せ》き込むと、たちまち、それが泡立った。

男が、前につんのめった。

倒れて、二度ほど痙攣《けいれん》し、すぐに動かなくなった。

しかし、武蔵は、それを見てはいない。

武蔵が眼にしたのは、投げた槍の穂先が、男の胸に潜り込みかけたところまでである。

素手《すで》の男が、疾り出すのを見たからだ。

武蔵に向かってではない。

小屋の入口に突っ立って、なりゆきを見守っていた伊吉に向かって、素手の男は疾り出していたのである。

見た瞬間に武蔵も疾った。

「逃げろ、伊吉!」

疾りながら叫んだ。

しかし、伊吉は、口を開いたまま、動けない。

——むう。

武蔵は、声に出さずに唇を噛んだ。

伊吉に向かって疾る男の肉体から、殺気が感じられないのだ。

不気味な男であった。

武蔵の方が、わずかに速かった。

疾って来る男と、伊吉との間に疾り込んで、片手打ちに、男の脳天に向かって、剣を打ち下ろした。

ぎいん

金属音がして、武蔵の剣がはじかれていた。

「ちいっ」

武蔵は、片手に剣を握ったまま、男の前に立った。

男も動きを止めていた。

武蔵と男は、近い距離で、互いに向かい合ってそこに立った。

男は、細い眼で、武蔵を見つめていた。

男の額の皮膚と肉が、浅く割れて、はじけていた。

しかし、そこからは、血は一滴も流れ出してはいない。

その、裂けた肉の底に、見えているものがあった。

骨ではない。

金属の光であった。

四

「なるほど、そういうことか」

武蔵は言った。

「わかったかよ」

男が、ざらついた声で言った。

「機械人か」

「見ての通りさ」
武蔵が、右手に握った剣の柄に、左手をそえた。
「何故、伊吉をねらう？」
武蔵が訊いた。
男は答えない。
にいっ、と男の唇が吊りあがった。
笑ったのだ。
歯が見えた。
その上下の歯の間に、光るものが見えた。
ひゅっ、
武蔵の唇から、笛に似た呼気が洩れた。
剣が、真横に一閃《いっせん》した。
その剣を受けようとした男の右手首ごと、武蔵の剣が、男の首を真横から刎《は》ねていた。
宙に飛んだ男の顔は、まだ笑ったままであった。
そのV字形の笑みの形に割れた唇の間から、鋭いものが飛び出してきた。
柄のないナイフ状の刃物であった。
その刃が、武蔵の頭上を疾り抜けた。

重い音をたてて、首が地に転がった。

首を刎ねるのが、わずかに遅れたら、額の中心を、その刃物で貫かれているところであった。

男の、両肩の間に、断ち割られたばかりの金属の色が見えていた。

そこに、青白いスパークが一瞬疾る。

数歩、首のない身体は前に歩き、重い音をたてて前に倒れた。

武蔵は、剣を右手に握ったまま、ゆっくり草の上に転がった、男の首の方に向かって歩いた。

足で、首を、仰向けにした。

「おい――」

武蔵は言った。

「おれの声は聴こえてるんだろう。おたくらのタイプは、だいたい、頭部、腕、脚《あし》と、それぞれ動力部がついていて、声帯は首の後ろあたりにあるんだろうが。答えなければ、その首を水につけて、またそこに放り出しとくことにしたっていいんだぜ。今すぐそれをやってほしいのなら、小便をかけてやってもいい――」

武蔵が言うと、男の眼が、ぎろりとふいに動いた。

武蔵を見た。

「やけに、くわ、しいんだ、な、あん、た……」

男の唇が、やっと聴きとれるほどの、切れぎれの小さな声で言った。

唇は動かないのに、そこから声だけが洩れてくるのが、不思議であった。

「脳くらいは、自前《じまえ》なんだろう？　あんまりいつまでも、脳と胴を離れ離れにしておくと、脳が酸素不足になって、いいことにはならないいんじゃないのかい」

「ふん」

「言えよ。どうして、伊吉をねらうんだ。それを教えてくれたら、とりあえず、人造肺と首とをつないで、気の利《き》いた修理屋の前にでも放り出しといてやる」

言ったばかりの、武蔵の右眉が、小さく吊りあがった。

視線を、左手の繁みの方へと動かした。

下がっていた剣の切っ先が、つ、と上に持ちあがる。

「待て――」

繁みの中から声があがった。

男の声だ。

「今、出てゆく。おれは敵じゃない」

繁みが鳴って、そこに男の姿が立った。

背の高い男であった。

ひょろりとした、バッタのような肢体の男であった。

古びた、作業衣のような上着を、素肌の上に直接ひっかけ、前を大きく開いている。無駄な肉の一片もない、筋肉質の肌がそこに見えた。

歩いて出てきながら、

「凄いねえ、おたく――」

男は、武蔵に対して、素直な賛嘆の言葉を吐いた。

武蔵が、隠れていたその男の存在を気配で察知したことについて、言っているのである。

しかし、武蔵が自分の気配を察知したことを、やはり気配で察知したこの男も、並みの男ではない。

男は立ち止まった。

何気なくその場所で足を止めたように見えるが、きっちり、武蔵の間合いの外である。

痩せた男であった。

立った男は、わずかな微風にも揺らぐ、細い草のように、どこかたよりない。たよりないが、たよりないその分だけとらえどころがなかった。

武蔵に向かって微笑しているが、その微笑にさえも、得体《えたい》のしれないものがある。

「言わないよ、その男は――」

男が言った。

「言ったら、用済みだから、すぐにあんたに殺されると考えてるからだ。それと、もうひとつ――」

男がそこまで言った時、

「ひいっ」

伊吉が悲鳴をあげた。

それまで、そこに倒れていた、首無しの胴が、ふいに立ちあがっていた。

立ちあがりながら、伊吉につかみかかってゆく。

逃げようとした伊吉が右手首をつかまれていた。

「た、助――」

そこまで言いかけた伊吉の声が、絶叫に変わった。いやな音が、伊吉の右手首の内部でした。手首の骨の砕ける音だ。

「む!?」

首無しの胴の背に向かって動きかけた武蔵の剣が、宙で止まっていた。

その時、すでにそこに、繁みの中から出てきた、痩せた男の姿があったからである。

男は、上着のポケットから、白い袋を取り出して、それを右手に握っていた。その袋の中から、黒い液体を、男は、大量に、首無し胴の両肩の間に開いた穴の中に流し込んだ。

その液体を注ぎ込まれた瞬間、首無し胴が、伊吉の手を放し、動きを止めた。

伊吉が、それまで機械人に握られていた右手首を、自分の左手でつかんで呻いた。

首無し胴が、身を揺すった。

「な、なに、を、した!?」

地面に転がっていた首が、歯を嚙みながら言った。

「首の眼の死角になる方向に逃げるんだ」

男が伊吉に言った。

伊吉が逃げる。

首無し胴が、伊吉を追って、前に出る。

その前に男が立ち塞《ふさ》がった。

その時、男の右手には、もう、白い袋は握られてはいなかった。かわりに、一本のマッチが握られていた。

首無し胴が、男に襲いかかった。

男は、草が、風に揺らぐような動きで、男のその腕をくぐった。くぐりざま、マッチの頭を、首無し胴の肩に擦りつけて、炎を点《とも》した。

いつの間にか、男は、首無し胴の背後にまわっている。

手にしていた、火の点いたマッチを、首無し胴の首の穴に放り込んでいた。

破裂したような音をたてて、その穴から、炎が噴きあげた。

炎に続いて、そこから黒煙が、盛りあがってきた。

炎と黒煙を、自分の身体に巻きつけようとでもするように、しばらく奇妙な舞いを舞って、首無し胴は、ふいに地に倒れて動かなくなった。

「もうひとつ、と言いかけたのは、このことさ」

男が言った。

「そうか、このタイプは、胴の方に、脳がある場合もあったんだな」

武蔵が言った。

「隙を見て、あんたを襲うつもりだったんだよ」

男は、地に転がったまま、もう、動かなくなった首を、軽く蹴った。

「大丈夫か、伊吉」

尻を突いたまま、手首を押えている伊吉に、武蔵が歩み寄った。

武蔵が、伊吉の手首に触れると、伊吉が喉で呻いた。

「気をつけろよ」

男が、武蔵に声をかけてきた。

「その男、放っておけば、殺されるぜ。今日のところは、手首ですんだが、次に折られるのは首の骨かもしれない」

「何か知ってるのかい、あんた？」

「少しはね」

「この男たちは、何故、伊吉をねらう？」

「さあね。たぶん、その男の親父が、蟲《むし》と情をかわしたことと関係があるんだろうな」

「ほう」

「それに、これからねらわれるのは、伊吉だけじゃない。たぶん、あんたもだ」

「おれもか——」

武蔵は、太い指で、頭を掻いた。

「彌勒堂《みろくどう》だよ」

男が言った。

「彌勒堂？」

「ああ。彌勒堂が、その男たちを雇ったんだ。そこまではわかっている」

「何故、彌勒堂が、伊吉の生命をねらう？」

武蔵はいぶかしげな顔をした。

——彌勒堂。

それは、金沢《かなざわ》の治安維持組織の名称である。

初代金沢国主、矢坂重明《やさかじゅうめい》の代にできた組織で、その内部には司法権さえも有している。

「だから、そいつの親父の文三が、蟲をやったことと関係しているんだろうよ。その男が、わざわざ自分の親父がおかしくなっちまったと、彌勒堂なんぞに言いに出かけなければよかったんだ」

「ふうん――」

武蔵は、何か思いあたることでもあるようなうなずき方をした。

「おい、あんた――」

男が言った。

「なんだ?」

「これで、おれたちは仲間だな」

「仲間?」

「あんたが、今、彌勒堂を敵にまわしたからだよ」

「ほう」

「共通の敵を持つ者どうしは、仲間だ」

「すると、あんたの敵は、彌勒堂か」

「そんなとこさ」

男がうなずくと、武蔵は、その太い唇で、微笑した。

「おもしろいことを言うな、あんた」

惚《ほ》れぼれするような笑みだった。

「ひきずり込まれそうな笑い方をするねえ、おたくは――」

男もまた微笑した。

「おれの名前は、来輪左門《くるわさもん》。覚えといてくれ」

男が言った。

三十代半ばのように見えるが、その肉体からは、もっと老成した雰囲気すら漂ってくる。

「おれは、武蔵だ」

「武蔵？　姓か、名か？」

「ただ、武蔵だ。どちらでもよい」

武蔵は言った。

武蔵の年齢は、二十代の半ばを、ややまわったあたりかと見えるが、身体が大きいため、実際の年齢よりは、やや老けて見えているかもしれない。

凝《じ》っとしていても、その肉の内から、精気がこんこんと溢《あふ》れ出てくるようであった。

「ところで左門、あんたの目的はなんだ。仲間だというなら、それを言ってもよかろう」

武蔵は言った。

「おれの目的は、たぶん、おたくらと一緒さ」

「というと」

「その男の父親の文三を捜すことだ」

「捜してどうする」

「さて」

男――左門がとぼける。

「それより武蔵、おぬしらは、文三を捜してどうする」

「たぶん、斬ることになるかもしれない」

「かもしれないとは？」

「文三を斬ってくれとそこの伊吉に頼まれたのだが、何かややこしいことになってきたようで、少し迷っているようだな、おれは――」

他人事《ひとごと》のように武蔵は言った。

「まあ、いいさ、迷うのもな。他人の事情は尊重するよ」

「へえ」

「仲間だからな」

真面目な顔で左門が言った。

しかし、その唇のどこかに笑みを含んでいるようであった。

「なあ、武蔵――」

左門が、後方に、半歩足を退《ひ》きながら言った。

「なんだ」

「もうひとつ覚えておいてくれ」

「何をだ?」

「おれが、今日、あんたにひとつ、恩を売ったということをだ」

もう半歩退《さ》がる。

どうやら、左門は、自分がさきほど首無し胴を始末してのけたことについて言っているらしい。

「覚えとくよ」

「忘れていたら、請求書を出すぜ」

言い終えた時には、武蔵に身体の正面を向けたまま、左門は後方に退がり出した。

後ろ向きのまま、背後の繁みの中に左門は跳んだ。

ざ、
と、数度、繁みが鳴った。

それきり、左門の姿は見えなくなった。

左門の消えた繁みをしばらく見つめてから、武蔵は、伊吉を抱え起こした。

「歩けるか?」

訊いた。

伊吉がうなずいた。

伊吉に肩を貸しながら、武蔵は、青い天を見あげた。

「ふふん」

〝なにやら、おもしろいことになってきたな――〟

武蔵の顔に、そういう微笑が浮いている。

青い天に、広々と風が吹いていた。

第二章　淫蟲城《いんちゅうじょう》

一

新しい畳の匂《にお》いが、その部屋にこもっていた。

八畳ほどの和室である。

白壁に囲まれただけの、シンプルな部屋であった。

一方の壁に、障子戸《しょうじど》があり、その向かい側の壁に、床の間がしつらえてあった。

畳の匂いだけでなく、その部屋には、無垢《むく》の檜《ひのき》の匂いも満ちている。

それに混ざって、ほのかな花の匂いもする。

菊の匂いであった。

障子戸を左手に見るかたちで、和服姿のひとりの青年が、部屋の中央に座していた。髪が長い。癖のない髪が、肩より下方に流れ落ちている。

着ている和服は、濃い紺色の紬《つむぎ》らしい。

二十代後半くらいであろうか。

色の白い青年であった。

青年の左側にある、外の光を受けている新しい障子の白だ。肌の内側にある血の色を感じさせない、白い光の色が透けて見えているような肌の色をしていた。

瞳《ひとみ》は、黒い。

その髪も黒だ。

すっきりと鼻筋が通っている。

その青年を包んでいる何もかもが淡色でありながら、ただひとつだけ、その唇が毒々しいほどに赤かった。

血で濡《ぬ》れているような真紅《しんく》であった。

その部屋にいるのは、その青年がひとりだけである。

青年の前に、ひとつの水盤が置かれ、その横の畳の上に和紙が広げられて、その上に菊の花が並んでいる。

青年は、そこから、菊をつまみあげては、水盤に花を活《い》けているのである。

白い、女のような左手の指先が、菊をつまみあげ、右手の指が手にした小刀が、余分な葉や、茎を落としてゆく。

その動きに、迷いがない。

ほとんど、無造作ともいえる手つきであった。

花を左手に持ち、右手に持った小刀を小さく振って、葉や茎の上に打ち下ろしてゆくのだが、その度に、切り落とされた葉や茎が、音もなく和紙の上に落ちてゆく。

よほど鋭利な刃であるのか、それとも、青年の無造作な動きに、それだけの技術があるのか——。

顔に、表情がない。

その青年の肉体の周囲には、眼に見えない何かが、張りつめているようであった。

青年が、動きを止めた。

紫と白の菊が、合わせて五輪、そこに活けられていた。

シンプルだが、花も葉も、わずかにも動かしようのない緊張を持った空間が、その水盤の上に生まれていた。

青年が、小さく、一度だけ、白い手を叩いた。

障子の向こうに、人の気配があって、

「お呼びでございますか」

若い女の声がした。

「入りなさい」

青年が言った。

障子戸が、静かに横に引かれ、そこに、廊下に両膝を突いた女の姿が現われた。

やはり、和服を着ている。

「失礼いたします」

両手の指先を床に突いて頭を下げ、女が入ってきた。

二十歳くらいの、美しい女であった。

部屋に入って、女が障子戸を閉めると、

「花を活けました。それを、床の間に置いて下さい」

青年が言った。

「はい」

女が、頭を下げて、水盤に手を伸ばした。

その指先が震えている。

「何故、震えるのです?」

青年が、囁《ささや》くような声で訊いた。

水盤を、半分持ちあげかけた女の指先が、水盤の縁を滑った。

浅く傾いた水盤の一方が、畳の上に落ちた。

女の唇から、小さな声が洩れた。

水盤から、水がこぼれ、活けたばかりの花が倒れた。

「お許しを」

女が、畳の上に両手を突き、額を畳にこすりつけた。

青年は、静かに、頭を下げている女を見つめていた。

「責任をとりなさい」

青年が言った。

青年の顔には、何の表情も、まだ浮かんではいない。

女の身体が、小刻みに震えている。

怯《おび》えているのである。

「顔をあげなさい」

抑揚のない声で、青年が言った。

「お許しを――」

女の声が震えている。

「顔をあげなさい」

青年は、静かな声で、同じ言葉を繰り返しただけであった。

女が、ゆっくりと顔をあげた。

女の美しい瞳が、怯えで大きく見開かれている。

ふいに、青年が動いた。
青年が、右手を横に振ったのだ。
白い金属光が、横に疾《はし》った。
女の身体から、その首が消失していた。
高い、笛に似た音をたてて、女の首のあった場所から、高く血が噴きあげた。
ざあっ、と音をあげて、赤い血が、白い和紙と新しい畳の上に降り注いだ。
その時から、畳の匂いも、木の匂いも、菊の匂いも、その部屋から消えた。
その部屋にあるのは、濃い血の臭《にお》いばかりであった。
青年の顔の、白い肌の上にも、和紙の上にも、点々と血が散っていた。
赤い花びらを、その顔の肌に張りつけたように見えた。
しかし、それも一瞬のことだ。
その赤い花びらから、赤い筋が、肌の上を滑り落ちていったからだ。
唇と、その血の色の区別がつかなくなった。
青年は、毛ほども、その表情を変えていない。
青年は、右手に握っていた小刀を、ゆっくりと、畳の上に置いた。
さっきまで、花の茎を切っていたその小刀で、青年は女の首を落としたのだ。
青年は、畳の上から、女の首を拾いあげた。

立ちあがり、床の間まで歩いてゆき、青年は、そこに女の首を置いた。

一片の血も、女の顔にはかかっていない。

女の顔には、さきほど顔をあげた時とまったく同じ表情が、静止したままになっていた。

自分に何がおこったのか、女には、まるでわからなかったに違いない。

女の顔は、怯えた表情を浮かべたまま、大きな黒い瞳で、まだ、青年を見つめているようであった。

ようやく、青年の唇に、小さな微笑らしきものが浮いた。

「これもなかなか、風情がある」

その唇が、囁くように、つぶやいた。

つぶやき終えた時には、浮かんだばかりのその微笑は、消えていた。

青年が背にした廊下に、足音があった。

廊下の板を踏む音が近づいてきて、その音が、障子の向こうで止まった。

「皇王《こうおう》さま――」

男の声が、障子の向こうでした。

「痴玄《ちげん》ですか？」

青年が言った。

「はい」

男の声が答えた。

「かまいません、入りなさい」

青年が言った。

障子が開いた。

そこに立っていたのは、人ではなかった。

そこに立っていたのは、半人半獣の男——老人であった。

顔は、人のそれであった。

額が大きく禿《は》げあがり、頭部の左右に、長い白髪がはえていた。

皺《しわ》の多い丸い頭部は、上下にやや潰《つぶ》れているように見える。潰れたその分が、横皺になって、男の顔に生じたようであった。

ピンク色の、艶《つや》やかな、と、そう言ってもいい肌をしていた。

身長は、おそろしく、低い。

一五〇センチあるかどうかというところであろう。

それくらいの高さのずんぐりした樽《たる》を、そこに立てたように見える。

それに、短い手足が付いているだけだ。

首の部分が極端に短く、肩の間に、直接、その丸い頭部を置いたようにしか見えない。

白衣を着ていた。

異常な体形の人とも見えるが、よく見れば、そうではないことは、すぐにわかる。

無いも同じの短い頸《くび》の付け根に、鰓《えら》があるのである。

眼の形状が、人のそれではなく、爬虫類《はちゅうるい》のそれのように、真円に近い。しかも、眼球が、前にせり出しているのである。

白衣の袖から見えている手の甲に、鱗《うろこ》状のものが見えていた。

しかも、その老人の白衣の下から、後方の床に、太い尾が伸びているのがわかる。

「痴玄……」

皇王と呼ばれた青年が、廊下に立っている老人に向かって言った。

「丹術士《たんじゅつし》の痴玄でございます」

痴玄と呼ばれた老人が、頭を下げた。

老人――痴玄は、視線を床の間に移し、

「なかなか、けっこうな花を活けられましたな」

微笑した。

床の間には、まだ温かみのある女の首がある。

「何の用ですか」

青年が言った。

「皇王さまのお耳に入れておかねばならないことができまして――」

「何でしょう?」

「斎藤伊吉の件でございます」

「どうなりましたか」

「失敗いたしました」

「失敗?」

「三人の喰いつめ者を雇わせて、伊吉を始末するように命じておいたのですが、その三人とも、屍体となりました。そのうちには、機械人もひとり、混じっています」

"屍体" という言葉を耳にした時、青年の美しい眉が、わずかに動いた。

「伊吉が、父親の文三の件で、武蔵という男の所へ出かけたことまではわかっているのですが……」

「武蔵?」

「流れ者の浮浪人らしいのですが、どういう素性の男かは、わかっていません。昨年あたりから、この城下に住むようになり、八ツ目村の近くに小屋を建てて、独りで住んでいる男です。何でも屋のような仕事をやって金を稼いでいるようなのですが、腕は立つようです——」

「屍体は、どこで発見されたのですか」

「その、武蔵という男の小屋の前です」

「ほう……」

「機械人の方は、首を刎ねられたそこから、身体の中へ油を注がれ、火を点けられて焼かれていました」

「腕が立つのですか、その武蔵という男――」

「そのようです。それから、これは噂《うわさ》ですが、その武蔵という男、微塵流《みじんりゅう》を使う男を捜しているとか――」

「微塵流？　確か、彌勒堂《みろくどう》に、それを使う男がいましたね」

「兎《うさぎ》の飛丸《とびまる》でございます」

「あの男か」

「はい」

「それよりも、その武蔵という男と、伊吉はどうなりました？」

「それが、居所がつかめないのです」

「つかめない？」

「三人の男が殺されましたので、彌勒堂が、表で動けるようになりました。それでいずれはわかると思うのですが――」

「いそぎなさい。蟲《むし》のことが、世間に知られないうちにね」

「わかっております」

「で、文三の方は？」

「夜千ガ森のどこかにまだ潜んでいるものと思われます。先ほど話の出た、飛丸をやらせていますので、じきに、捕えるか、殺すかできると思います」

「他にも蟲のことを、色々と嗅《か》ぎまわっている者がいるらしいですね」

「はい、逃げた蟇蟲《ひきむし》と、女を捕えることができたのまではよかったのですが、これからは、もう、あまりのんびりはしていられないでしょう」

「女は？」

「ちょうどいいので、蟲の産卵に使うことになりました。そろそろ、また、産卵の頃だと思います。よかったら、ごらんになりますか――」

痴玄が言うと、

「行きましょうか」

低い声で、その美しい青年は答えたのであった。

二

小さな、和室であった。

茶室のようである。

小さいながら、床の間もあり、下地窓もある。部屋のひと隅には、炉も設けられ、そこでは、鉄瓶が、さかんに湯気をあげていた。

ひとつだけ、普通の茶室と違うところといえば、一方の壁が、全てガラス張りになっていることだ。

そのガラスの壁の方を向いて、青年と、半人半獣の痴玄が座している。

痴玄の座した座蒲団《ざぶとん》の後方の畳に、太い尾が伸びていた。鱗のある爬虫類の尾だ。

ふたりは、茶を飲みながら、そのガラスの壁の向こうを見つめていた。

ガラスの壁の向こうには、鉄の格子があった。その鉄の格子の向こうは、周囲をコンクリートで囲まれた部屋になっている。

床は、木の床で、一面に枯れた草が散っていた。

明るい部屋だ。

その部屋の隅に、ひとりの、裸の女がうずくまっていた。

壁に背をあずけ、放心したように、あらぬ方《かた》を眺めている。

肉付きの豊かな女であった。

青年と、痴玄のいる茶室の方からその部屋を眺めることはできるが、コンクリートの部屋の方からは、茶室の方を眺めることはできないようになっているらしい。

女の視線が、動かないからである。

「あれが、伊吉の妻だった女ですね」

青年が、表情を変えずに言った。

「千絵といいます」

痴玄が言った。

「いつ、始まりますか?」

青年が言った。

「皇王さまさえ、よろしければ、いつからでも――」

「では、すぐに――」

青年の赤い唇が言うと、

「よし、始めよ」

痴玄が声をかけた。

痴玄の声の余韻がまだ宙に残っているうちに、正面のコンクリートの壁の一部が、静かに、横にスライドし始めた。

その低い音が、茶室の内部にも響いてくる。

どこかに、マイクとスピーカーが仕掛けてあるらしい。

壁が動き始めた途端に、ぴくんと千絵の身体が反応した。

膝を突いて起きあがり、開いてくる壁の方に視線を向けた。

さっきまでの、放心した視線が嘘のように、その眼に光が宿っていた。
欲情した雌の眼であった。
壁がスライドして、そこに、黒い穴が口を開いた。
千絵が、全身から欲情の汁をしたたらせるようにして、その穴を見つめている。
千絵の口が半開きになり、小さく尻をよじる動きが、その腰に生じていた。

ヂ……
ヂ……

と、不気味な音が、その穴の内部から聴こえてきた。
それを耳にした千絵が、両手を前に突いて、手と膝で穴の方へ這い寄った。
ゆっくりと、その穴から出てきたものがあった。
ずんぐりとした、褐色の、人間の少年くらいの大きさの生きもの。
六本の脚《あし》を持った、複眼の生物。
それは、蝦蟇《がま》に似ていた。
蟬《せみ》の幼虫にも似ていた。
小さな羽根が、その背にあった。

口のあたりから、管のようなものが伸び、それが、口の下に螺旋《らせん》状に丸められている。

ギ

ギ

その音は、その蟲の背からあがっていた。
蟲が、背の、短い羽根をこすり合わせるたびに、その音が響くのだ。
「蟇蟲でございます」
痴玄が言った。
蟲と、千絵とが、互いに相手の方へと近づいてゆく。
千絵の唇の端からは、涎《よだれ》が流れている。
千絵の太腿の内側が、その中心から溢れ出てきたもので、濡れて光っていた。
両者の間が、二メートル近くなった時、ふいに、蟲が跳躍した。
二メートル近い距離の宙をいっきに飛んで千絵に飛びかかった。
千絵が、俯《うつぶ》せに倒れた。
その背後から、蟇蟲がのしかかる。
千絵が、何かねだるように、白い尻を揺すっている。

と――

蟇蟲の尻から、赤い、管状のものが伸びてきた。

赤い、太い、長いものだ。

それがてらてらと濡れて光っている。

その先端が、尻の間から、千絵の陰門に差し込まれていた。

千絵が、声をあげた。

太いそれが、千絵の肉の中に没してゆく。

千絵の声が、たちまち高くなる。

千絵が、狂ったように尻を振った。

「ほれ、もうあのようになっておりますよ、あの女――」

痴玄が言った。

青年は、表情を変えないまま、ガラスの向こうのその光景を眺めている。

「最初は、いやがって、泣き叫んでいたあの女が、たった一度、蟲に卵を産みつけられただけで、ああなってしまうのです」

「文三をやったのも、あの蟲ですね」

青年が訊いた。

「ええ。逃げ出した蟲が、あの蟲です。夜千ガ森に入り込んで、たまたま、森の中で出会うた文三を襲い、尻の穴から卵管を差し込んで、卵を産みつけたのでしょう。一度に、卵はひとつずつ。何度かに分けて、卵は産みつけられます」
「尻の穴に差し込まれた男でさえ、夜毎《よごと》、蟲のもとへ通わずにはいられなくなるというのに——」
「陰門に入れられた女の快感は、いかほどでございましょうか」
痴玄が言うと、
く、
く、
と、青年が小さく声をあげた。
蟇蟲の、螺旋状になっていた口が、するするとほどけ、その白い管の先端が、千絵の喉に差し込まれた。
白い管が、たちまち赤くなる。
千絵の喉から、頸《けい》動脈に管を差し蟲が血を吸いあげているのである。
ヂヂヂ
ヂヂヂ

蟲のたてる羽音が、高く、速くなった。

千絵が、もはや意味のない声をあげ続けている。

「あれは、雌雄同体でございましてな。まず、女の子袋《こぶくろ》に卵を産み落とした後、精を放つのですが、その時女の味わう快感たるや、この世のものではないとか。それを味わってしまった女は、もはや、蟲なしではいられぬようになってしまうのでございます」

痴玄は、眼の前の光景を見つめながら言った。

「やられた者が女であれば、子袋で、やられた者が男であれば、胃で、卵は幼虫に孵《かえ》り、育ってゆくのですが、胃で幼虫が育ってゆく時には、ほとんど、腹に入ってくる食い物は、その幼虫が食べてしまいます。その時、腹の中に蟲を飼っている男は、おそろしいほどの食欲を示すのですよ。さらに、蟲の卵を産みつけられ、精を注がれた者は、常人以上の身体能力を持つようになります――」

痴玄が笑った。


ぢぃ〜〜

ぢぃ〜〜

蟲の羽音が高くなっていた。

羽根が、高速でこすり合わされている。

「そろそろでございます」

痴玄が、青年に言った。

青年は、うなずきもせず、ただ、ガラスの向こうを見つめていた。

「じきに、蟲が卵を産み、続いて精を放つことになります」

蟲の全身が震えていた。

細かく、そして、速い震えであった。

蟲の、太い腹が、ぶるぶると蠢動《しゅんどう》していた。

千絵は、もう、声をあげてはいなかった。

口を開いたまま、空気を吸い込もうとしている。

しかし、体内から押し出されてくる快感のため、息を吸い込むことができないらしかった。

ふいに、びくんと、大きく蟲の腹が震えた。

卵が、産み落とされたらしい。

ごう、
という獣の咆哮《ほうこう》に似た声が、女の口から洩れた。

女の身体が、硬直した。

白眼をむいていた。
続いて、びくんびくんと蟲の腹が、収縮した。
大量の精が、打ち込まれたらしい。
女の全身に、筋と、筋肉の束が浮きあがった。
あらゆる筋、あらゆる筋肉が、女の柔らかな肉の表面に浮き出していた。

ぢいっ！
ぢいっ！

蟇蟲が、羽根を大きく鳴らした。
女の肉体を征服しきった、勝利の声のようであった。

第三章　夜千ガ森《やちがもり》

一

頭上に、斜めに傾《かし》いだ鉄骨から、裸電球がぶら下がっている。

そこが、かろうじて部屋らしいとわかるのは、その裸電球の下にぼろぼろの絨毯《じゅうたん》が敷かれ、その上に、テーブルや寝台らしきものが置いてあるからである。

コンクリートの瓦礫《がれき》に囲まれた、ほんのわずかのスペースを、部屋として使っているにすぎない。場所によっては、昔の壁の一部がそのまま残っていたりする。

天井もまた、幾重《いくえ》にも重なった、コンクリートと鉄骨で塞《ふさ》がれている。

その狭い空間を、どれだけの量のコンクリートが囲んでいるのか、見当がつかない。

テーブルは、スチール製の、ドアであった。

床の四カ所に、コンクリートを積みあげ、その上にドアをのせて、テーブルのかわりにしているのだ。

座卓ほどの高さの、そのテーブルの上に、ウィスキーの瓶と、グラスがのっている。

ふたりの男が、そのテーブルを挟み、絨毯の上に胡坐《あぐら》をかいて、ウィスキーを飲んでいた。

ひとりは、巨漢であった。

その男の有している肉の量感は、周囲を包んでいるコンクリートの量感と対等のものがある。

何億トンの量のコンクリートかはわからないが、もし、そのコンクリートが崩れてきたとしても、その男の肉体の下に潜り込めば、安心だと思わせるものがある。

ジーンズを穿き、Tシャツを無造作に着ただけの男であった。

ぼうぼうと伸びた髪を、後方で束ねている。

武蔵である。

武蔵と向き合っているのは、痩せた老人であった。

道士の着る道服に似たものを身にまとっている。

白髪であった。

頭髪だけでなく、眉も、髯《ひげ》も、全てが白い。おそらく、陰毛までも白いのであろう。

体重は、武蔵の半分もないであろう。

しかし、老人は、武蔵と同じピッチで、ウィスキーの入ったグラスを空《あ》けている。

皺の浮いた顔が、赤くなっている。

「やい、武蔵、白状しやがれ――」

老人は、空《から》になったグラスを、スチールドアのテーブルの上へ、とんと置いて言った。

「何をですか」

老人のグラスに、酒を注《つ》ぎながら、武蔵が言った。

「この酒のことよ」

老人が、ウィスキーを注がれたばかりのグラスを口に運ぶ。

「酒？」

「とぼけるねえ。いい酒じゃねえか――」

「口に合いますか？」

「おいおい、武蔵、わしは、この酒が口に合うの、合わねえのと言ってるんじゃねえぜ。

酒はみんなわしの口には合うんだよ」

老人は、ウィスキーに濡れた唇を、舌で舐《な》め、武蔵を睨んだ。

「おめえ、どこで、この酒を手に入れやがったんだ？」

「だから、拾ったんですよ」

「拾ったんだと？」

「はい」

「この前来た時は、ブランデーだった。そこいらで今造っている、小便みてえなブランデーじゃない。昔の、高級品だ。そんなに具合よく、おめえが酒を拾うわけもねえ」

「ははあ——」

武蔵は、楽しげな顔で、老人を眺めている。

「おめえ、見つけたな？」

老人が言った。

「何をですか？」

「酒倉をだよ。だいたい、酒なんぞは、一カ所に固まってごろごろ発見されるんだよ。でかい酒倉を、たとえば、このビルの瓦礫の下から発見すれば、一生はともかく、十年は、かなりいい目を見ながら喰っていけるんだ。そういう場所を、おめえ、見つけたんじゃねえのかい」

「どうですかね」

「とぼけやがって。ここらの瓦礫の中は、わしの巣よ。隅から隅まで知っておる。このわしの身体の入る場所ならな。わしの知る限りでは、もう、このあたりには酒倉はないはずだ。そう思っていた。しかし、武蔵、てめえ、それをどこかで見つけやがったな——」

老人の問いに、武蔵は笑っているばかりであった。

「なあ、教えろよ、武蔵――」

「丹術士《たんじゅつし》の九兵衛《きゅうべえ》でも、酒の有る場所はわからぬのだな」

「おう、わからぬわい」

「丹術士でも、酒は造れぬのか」

「うるせい」

九兵衛と呼ばれた老人が言う。

「うめえ酒が造れれば、丹術士なんぞやめて、酒屋をやっとるわい」

「なるほど」

武蔵が答えると、

「このあたりは、一番奥が深い場所でな。迷路のようなものさ。めったな人間は、ここまでもやってこれぬわい。年に、何人か、浮浪人が入り込むが、ほとんどがここから出れずに、この瓦礫の中でお陀仏《だぶつ》になる。三月《みつき》にひとりぐらいは、そういう人間の屍体を見つけるな」

「そうですか」

武蔵はただ、老人の言うことにうなずいているだけだ。

その武蔵に眼をやって、老人は小さく口の端を吊りあげて微笑した。

「まあ、いいわい。みやげを持ってくるだけみどころがあるわ」

そう言って、老人——九兵衛はウィスキーの入ったグラスを唇に運んだ。

「ところでよ——」

九兵衛は、顎を動かして、横手の寝台の右を示した。

その寝台で、ひとりの男が眠っていた。

毛布が、その男の身体半分にかかっているが、包帯の巻いてある右手が見えていた。

「あの男、伊吉というたかな。いったい、どういうわけありなんだ?」

「おれにも、よくわからないんですがね」

「酒一本で、二〜三日預かってもらいたいという話だったな」

「もう少し、長くなるかもしれませんよ」

「彌勒堂《みろくどう》に、生命をねらわれていると言ってたな」

「ええ」

「何故、彌勒堂が、この男の生命をねらうのだ」

「わかりません。どうも、蟲《むし》に関係があるように思うんですがね」

「蟲か。父親の文三が、蟲にやられたのだろうと、おめえ、言ってたな」

「たぶん——」

武蔵は、低い声で言った。

「武蔵、おめえの捜してる、微塵流《みじんりゅう》を使う男ってのも、たしか、彌勒堂にいたんじゃあねえのかい？」

「名前もわかっています。兎《うさぎ》の飛丸《とびまる》――」

「伊吉の分《ぶん》とそっちの方《ほう》とは、今のところ関係がねえんだろう？」

「さて、どうなんですかね」

「その兎の飛丸を見つけてどうする」

「どうしましょうかね」

武蔵は、微笑して、頭を掻いた。

その武蔵の顔を、九兵衛が、頼もしそうに見つめた。

「おめえも、親父どのに似て得体《えたい》の知れねえ男だなあ、武蔵よ」

九兵衛が微笑する。

笑うと、九兵衛の表情は、皺の中に埋もれてわからなくなった。

「得体が知れないと言えば、九兵衛さん、あんたのことも、おれにはよくわからないな」

武蔵が言った。

「ふふん……」

「こんな瓦礫の中に住んでる丹術士は、この金沢では、よほど腕が悪いか変わりものというところでしょう」

「ならば、腕が悪いんだろうさ」

「変わりものの方でしょう」

武蔵が言った。

「城に行きたがらぬ丹術士も、ひとりやふたりはおるわさ」

そう言って、九兵衛は、自分でグラスにウィスキーを注いだ。

「ここは、人が隠れるには、良い場所よ。城にさほど遠くない場所に、こういう場所があるとはな――」

九兵衛の言葉を聴きながら、のっそりと、武蔵が立ちあがった。

左手に、大きな日本刀を握っている。

「ゆくか？」

九兵衛が訊くと、武蔵がうなずいた。

日本刀を背にかける。

「どこへ？」

「八ツ目村の、夜千ガ森《ゆちがもり》へ――」

「夜だぞ？」

「夜の方が、文三を捜すにはいいでしょう」

「伊吉との約束を果たすか」

「彌勒堂が、この件で動いているとなれば、伊吉のためばかりでもないでしょう――」

「あまり、派手にやるなよ」

九兵衛が言った。

「こっちまで、とばっちりが来ぬようにな」

「そうなったら、酒倉の場所を教えますから、それでかんべんしてもらえますか」

「おう」

九兵衛が、嬉々《きき》とした声でうなずいた。

「ならば、好きなだけやってこい。ただし、口だけは利ける状態でもどってくるんだぜ――」

「ええ」

「この香林坊《こうりんぼう》の瓦礫の下は、たとえ彌勒堂でも、すぐには捜しきれまいよ。見つかったとしても、逃げ道はいくらでもあるわい」

言った九兵衛に、武蔵は背を向けた。

「外まで出ることができるかよ」

九兵衛が、武蔵のでかい背に声をかける。

「そのでかい身体じゃあ、つかえて通れねえ場所もあるぜ」

「おれの道がありますから」

武蔵は、ふり返らずにそう言って、瓦礫をくぐって行った。

二

しんしんと、闇が深い。
夜千ガ森の中には、濃密な闇が満ちていた。
一本の杉の大樹の影に、黒装束に身を包んだ、ひとりの男がうずくまっていた。
岩のように動かない。
完全に気配を断《た》っている。
男は、静かに、闇を呼吸していた。
ゆるく、闇を体内に吸い込み、息を外へ吐き出す。
その呼吸のたびに、男の存在そのものが、影を増して、闇に溶けてゆくようであった。
風は、ほとんど動かない。
森の上に、月は出ているのだが、底までこぼれてくる月光は、わずかである。
ふいに、闇の中に、濃い血の臭いが溶けてきた。
男が、薄く、眼を開いた。
〝また、ひとりやられたか……〟
男の唇が、そうつぶやいたように動く。

さわ……

と、風が動いた。

「飛丸どの――」

闇の中から、低く声が響いてきた。

「どうだ?」

飛丸と、声をかけられた男が訊いた。

「カズオがやられました」

「そうか」

「喉をひと噛みにされて、血を啜《すす》られたようです」

「で、文三は?」

「もう、姿が見えません」

声が言うと、男――飛丸が低く笑った。

「この闇に、姿などもとから見えはせぬわい」

「はい」

「血の跡を追え」

「わかりました」

「腹が減って、ついに、人肉を啖《くら》いおったかよ。これで、こちらも追い易くなる」

「はい」

「で、残っているのは誰だ」

「タカシとミツオがすでにやられていますので、残っているのは、タツヤとヨシオです」

声が言った。

「あとは、おまえと、おれか――」

飛丸がつぶやいた。

少しの沈黙があって、

「優男《やさお》……」

と、飛丸が言った。

「はい」

「おまえと、タツヤとヨシオで、表攻《おもてぜ》めをせよ――」

「はい」

「裏の攻めは、おれがやる」

「わかりました」

「おまえたちは、気配は殺さずともよい。表攻めとはいっても、文三は殺すなよ。やつの体内には、蟲の卵が産みつけられておるからな——」

「承知しています」

「タツヤとヨシオ、場合によっては、犠牲になるも、しかたあるまいよ」

「は?」

「いよいよとなれば、ふたりのうちのどちらかを利用するまで——」

やや、声がとだえ、

「恐ろしいことを申されますな」

優男の声が言った。

く、
く、
く、

と、飛丸は低く忍んだ笑いを洩らしただけであった。

「では」

「おう」

短いやりとりがあって、ささ、と微かに草のこすれる音がすると、闇の中に、前にも増した沈黙が訪れた。
飛丸は、長い間、そこを動かなかった。
わずかな風だけが、さやさやと、闇の中で葉を鳴らすばかりである。
そのうちに――

ちいん……

金属と金属のぶつかる微かな音が、闇の彼方から届いてきた。
闇が、森のどこかで騒がしくなった。
「よし……」
飛丸が、立ちあがった。
立ちあがって、なお、飛丸は己れの気配を断っている。
気配を出さぬまま、黒い風のように、飛丸は森の底を動き始めた。

三

殺《や》られたのは、タツヤであった。

文三の後を追っていたはずが、途中で、文三の気配が途絶えたのである。

熊笹の繁みの中であった。

もともと、タツヤもヨシオも、気配を読むことに長《た》けているわけではない。

風に繁みが揺れる音と、人が繁みを分けてゆく音との区別くらいはつくが、それは、相手が無造作に動いている場合である。

それなりの相手が、いったん、気配を殺そうと意識すれば、ふたりではそれを追いきれるものではない。

風が草を揺らすような音をたてて、繁みを分けてゆくものがいれば、もはや、タツヤにもヨシオにも、その区別はつかなくなる。

文三の気配と思って、ふたりは夜の森の底を動いていたのだが、その気配が消えてみれば、もはや、動きようがない。

自分たちは、闇の中で、風の後を追っていたのかと思う。

さやさやと、闇の中で風が動く。

そのどれもが、タツヤとヨシオには、文三の動きのように思える。

また、どこにも文三はいないようにも思える。

わからない。

闇の中で、それが分からなくなると、不安になる。

その不安が、ふくれあがっているところへ、音が聴こえたのだ。

さやさやという風の音だ。

そう思った。

風が、周囲の笹を揺らして、自分の方へ吹き寄せてくるのだと。

後方からであった。

その風が、後方から吹いてくると思った瞬間、タツヤは、どきりとした。

何故、風が後方から近づいてくるのか。

タツヤは後方を振り向こうとした。

しかし、後方を振り返ったのは、タツヤの胴体だけであった。

首は、途中まで振り向いただけである。

タツヤは、自分が後方を振り向こうとした瞬間に、首の後ろに、何か硬いものが、ごつんとぶつかってくるような感触を味わっていた。

それが、タツヤが、この世で味わった最後の感触であった。

ヨシオは、いやな音を耳にした。

ぶつり、
とも、
がつん、

とも聴こえる音だ。

タツヤの首の、肉と骨とが、同時に断たれる音である。

しかし、耳にした瞬間には、それが何の音であるのかわからない。タツヤのいるはずの、すぐ、右後方からその音が聴こえた。

後方を振り向いた。

天から洩れてくる月明かりの中に、タツヤの影が見えた。

しかし、その影には、首がなかった。

タツヤの、首の無い胴の両肩の間から、音をたてて黒っぽいものが噴きあげた。

生温かいものが、ヨシオの頬を叩いた。

血であった。

「ひいっ」

ヨシオは剣を引き抜いた。

タツヤが、熊笹の上に音をたてて倒れ込んだ。

ヨシオの前に、黒い影が立っていた。

痩せて、腹だけが不気味に前にせり出している男——

文三であった。

黄色い、光る眼が、ヨシオを見つめていた。

細い月明の中で、文三の口が動いているのが見える。文三が何かを喰っているのだ。それが、何であるのかヨシオがわかったのは、文三が、左手に抱えているものを眼にした時であった。

文三は、左手に、丸いものを抱えていた。

そのタツヤの、首であった。

文三の右手の指が伸びて、左手に抱えたタツヤの首の、まだ残っている右眼に、いやな音をたてて潜り込んだ。

その指が、タツヤの右の眼球をほじり出した。

白い、神経繊維をつなげたままのその眼球を、文三が口の中に放り込んだ。

嚙んだ。

文三は、タツヤの目だまを喰っていたのである。

「うけええええええっ」

ヨシオが動いたのは、恐ろしさからであった。

剣を両手に握って、文三の頭上から打ち下ろしたのである。

その剣がはじかれていた。

タツヤの右眼をほじり出したばかりの文三の右手に、太く、鈍い鉄の刃物が握られていた。

鉈《なた》であった。

文三が、腰からその鉈を引き抜いて、ヨシオの剣を受けたのである。

次の攻撃を、ヨシオがかける前に、文三が身を翻《ひるがえ》して、藪の中に逃げ込んだ。

「追うぞ」

ヨシオの背後で声がした。

優男《やさお》の声であった。

優男が闘いの気配に気づいて、ここまでやってきたのである。

四

濃い血の臭気が武蔵の鼻に届いてきたのは、森の底に、ちらほらと熊笹が繁る場所に踏み入った時であった。

闇の中で、ふいに、血の塊りを鼻の中に押し込まれたようであった。

どこからか流れ出した血の臭いが、森の大気の層のどれかに、濃くわだかまっているのである。

そういう空気の層のひとつに、出会ったのだ。

月明かりが、わずかに差し込んでいる。

夜千ガ森の中に、深く入り込んでいるが、熊笹が生えているくらいだから、このあたりは、ほどほどには陽《ひ》が差し込むらしい。

しかし、今、天から差しているのは、陽光ではなく、月光である。

それでも、武蔵には充分な量の光であるらしい。

さぐりあてた、その血臭《けっしゅう》の溶けた空気の層を追って、武蔵は歩き出した。

武蔵の巨軀《きょく》が、熊笹を分けてゆく。

無造作な歩き方だが、わずかの音しかたてていない。

ひと塊りの空気が、笹の葉を揺らして、ゆるゆると森の奥へと移動してゆくような風情すらある。

一本の、橅《ぶな》の樹の前で、武蔵は足を止めていた。

その橅の根元に、わだかまっているものを見たからである。

黒々とした、ひり出されたばかりの糞《ふん》の山のようなもの——

そのわだかまりに、武蔵は近づいた。

それは、糞ではなく、臓物であった。

人の臓物だ。

武蔵は、下から、樹の上へ視線を移した。

その樵の幹の途中——武蔵の頭部から二メートル近く上の枝に、人の身体がぶら下がっていた。

その枝は、途中から、先を斜めに切り落とされていた。

その尖った枝が、背からひとりの男を貫いて、胸のあたりから宙に突き出ているのである。

モズの速贄《はやにえ》のように、ひとりの男の身体が、樹の枝に刺さっているのであった。

その男の腹が、大きく左右に断ち割られていた。

樹の下のはらわたは、その男の割られた腹から、下にこぼれ落ちたものらしい。

男の顔から、ふたつの眼球が消えていた。

どうやら、生きたまま、枝に貫かれたらしく、苦痛に歪んだ顔が、わずかな月光に浮きあがって見える。

むごい光景であった。

タカシの屍体であった。

「ふん」

小さく、武蔵はその屍体に一瞥《いちべつ》をくれただけで、また、歩き出した。

視線は、足元の熊笹を見ている。

無目的に、歩いているわけではなさそうであった。

次の屍体は、そこから、二分も歩かない場所にあった。
一本の橅の樹の根元に、ひとりの男が腰を下ろして、背を、その幹にあずけていた。
それが、屍体であることは、すぐにわかった。
頭の上半分が、なかったからである。
眼のすぐ上あたりから、きれいに頭部が消失していた。
その断面からあふれた血が、口を半開きにしたその顔を真っ赤に濡らしていた。
ミツオの屍体である。
「ふうん」
やはり、武蔵は、顔色も変えずに、小さくつぶやいただけで、また歩き出した。
まばらであった熊笹が、歩くにつれて深くなってゆく。
そして、その時、武蔵はその声を耳にしたのであった。
〝うけえええええっ〟
という、ヨシオの声であった。

五

ヨシオは、熊笹を分けながら疾《はし》っていた。

逃げた文三を追っているのである。
そのすぐ横を、優男が疾っている。
あからさまな疾り方だ。
音をたてぬようにだとか、気配を殺してだとか、そういう走り方ではない。
逃げてゆく文三を、真っ直ぐに追ってゆく。

へひ
へひ

声をあげながら、文三が疾ってゆく。
文三の顔に、喜悦の笑みが浮いている。
この山中の追いかけっこが、楽しくてたまらない風であった。
追っている最中に、また、ふっと文三の気配が消えていた。
ヨシオは立ち止まった。
さっきと同じだった。
消えた、と思っていると、すぐ、どこからか文三が攻撃してくるのだ。
剣を抜いたまま、腰を低く落とした。

「どうした？」

優男が、ヨシオのすぐ後方に立った。

「さ、さっきと同じです。さっきも、あいつの気配が消えて、立ち止まったところを襲いかかられたのです――」

ヨシオが言った。

「ほう」

優男が、やはり、右手に、剣を握ったままうなずいた。

「しかし、待つことはなかろうよ。こちらからゆけばよい」

優男が言った。

ゆっくりと歩き出した。

横手の繁みに向かって、歩いてゆく。

その、熊笹の繁みに近づき、もう一歩で、握った剣の間合いに入ると見えた時、いきなり、その繁みから、黒い影が飛びあがった。

「へひいっ」

真上から、優男に襲いかかった。

ぎがっ

真上から落ちてきた鉈を、優男が剣で受けた。

その時には、文三が、大きく後方へ跳んでいた。

優男が、後方へ跳んだ文三を追って、地を疾った。

ぎちゅっ

また、金属と金属とがぶつかる音がした。

今度は、優男の攻撃が、文三に受けられたのだ。

ふたりが、熊笹の中で、向かい合った。

「はて、奇妙な」

文三がつぶやいた。

「攻撃を、手加減しておるのかな」

言った文三の唇の左右の端が、闇の中で、すうっと吊りあがる。

「ははあ、わかったわい。あんた、このわしを殺す気がないのだな。なるほど……」

けくけくと、文三が笑い声をあげた。

優男の表情は動かない。

動かないその表情が、文三のその言葉を肯定していた。
「ふたりとも、ここで死になされや」
文三が言った。
言い終える前に、もう、文三は動いていた。
鉈を大きく頭上に振りかぶった。
その時――
文三の右横から、怪鳥《けちょう》のように宙を疾ってくる影があった。
「むっ」
文三が、その影に気づいた時、月光の中に、白い金属光が疾り抜けた。
文三の頭上から、鉈を握った文三の右手首が消失していた。
重い音をたてて、鉈を握った右手首が、優男の足元の、熊笹の中に落ちた。
「くひい!?」
文三は、苦痛の声をあげなかった。
ただ、自分の右手首が消失したことが不思議そうな声をあげた。
熊笹の中に、文三は、四つん這いになって身を伏せていた。
獣の眼を、周囲に向けた。
優男の横に、黒い人影が立っていた。

飛丸であった。

「あきらめよ、文三……」

飛丸が言った。

飛丸の右手には、みごとな反りをもった剣が握られていた。

表《おもて》の攻撃に文三が気をとられている隙を、裏の攻撃手である飛丸につかれたのである。

「おまえが、何やら勘違いをしているらしいから、教えてやろうよ」

飛丸が言った。

「我々が興味のあるのは、おまえではない。おまえの腹の中の、蟇蟲《ひきむし》の子よ。はっきり言えば、その蟲の子さえ無事であれば、ぬしなどは、どうなってもよいのさ——」

飛丸が、ずい、と前へ出た時、横手の闇の中から声がかかった。

「おいおい、好きなように話を進めるんじゃねえぜ」

まるで、友人にでも声をかけるような、緊張感の欠落した、のんびりした声であった。

横手の熊笹を分けて、羆《ひぐま》のような巨軀を持った人間が姿を現わした。

「そこの文三を、おれに譲ってもらいてえんだけどね」

その男が言った。

武蔵であった。

「何者だ？」

飛丸が訊いた。

「武蔵ってんだよ」

そこに突っ立ったまま、武蔵が言った。

攻撃の手がやんだその隙に、文三が横手へと疾る。

その動きを遮《さえぎ》って、優男が文三の前に立ち塞がった。


き……


文三が、動きを止めて、喉の奥で声をあげた。

「ほう、おぬしが武蔵か」

飛丸が低くつぶやいた。

飛丸は、全身を黒装束に包んでいる。

服から出た、手首や、顔まで黒く墨を塗っているらしかった。

「あんたは？」

武蔵が飛丸に訊いた。

飛丸は答えない。

武蔵を見つめている。

武蔵は、周囲に立つ、橅の樹のようにそこに立っているだけだ。

存在感も気配もあるが、それは、まわりの樹々と等質の気配である。

眼を閉じると、武蔵の気配は、そのまま、周囲の森の気配の中に隠れてしまいそうであった。

「なるほど、そういうやり方もあるのか」

飛丸はつぶやいた。

「おぬし、できるな」

飛丸は、浅く腰を落としていた。

反りのある剣を、すっと上段に持ちあげた。

しかし、剣は、その上段の位置で止まらなかった。

剣の柄を握った両手は、頭上で動かず、剣先だけが、飛丸の頭上を越え、背後に下がってゆく。

剣の刃の部分が、全て、飛丸の背後に隠れて見えなくなった。

「上段の陰剣《いんけん》を使うか」

武蔵が言った。

「微塵《みじん》流《りゅう》だな……」

飛丸の足が、浅く前に出そうになったその瞬間に、武蔵の巨軀から、じわりと強い気《い》が脹《ふく》らんだ。

それに押されたように、飛丸が足の動きを止めた。

「おれにも抜かせろ」

武蔵が言った。

武蔵が、無造作に剣を引き抜いた。

構える風でもなく、右手に引き抜いた剣の切っ先を、そのままだらりと下方に下げた。

一方は、刃を隠し、一方は刃を相手の前にさらけ出したことになる。

どちらも動かない。

「やりにくい男だ」

飛丸が言った。

ヨシオが、その頃には、ゆっくりと武蔵の背に向かって、まわり込もうとしている。

しかし、武蔵は、ヨシオの動きには、ほとんど関心をはらっていない。

「彌勒堂で、微塵流を使うというと、兎の飛丸か――」

武蔵が言った。

「武蔵という浮浪人《ろうにん》が、おれを捜しているというのは耳にしていたが、その男とこんな場所で会うとはな」

飛丸は、刃を隠したまま、小さく右手へ動いた。

武蔵は、首だけを動かして、飛丸の動きを追う。

「その武蔵が、何故文三を欲しがる？」

「頼まれたんだよ、文三を斬ってくれとな」

「なに!?」

「文三とは顔見知りなんでな、ためらっていたのだが、実の息子が、親父を斬ってくれと言うのはよくよくのことと思ってな。とにかく、文三に会ってみるかと出かけようとしたところへ、彌勒堂に襲われた――」

「――」

「で、考えが決まったのさ」

「ほう」

「文三を捕えて手元に置いておけば、彌勒堂がやってくるだろうからな」

「なるほど」

「彌勒堂の連中がくるなら、その中に、微塵流の飛丸も混じっているだろうと考えたのだが――」

「ここで会えたわけだ」

「ああ、会えたな」

「おれに、何の用がある？」

「知りたいことがあってな」

「ほう？」

「壬生幻夜斎《みぶげんやさい》は、今、どこにいる？」

武蔵が訊いた。

飛丸の黒い顔に、白い歯が見えた。

飛丸が、小さく微笑を浮かべたのだ。

「武蔵、おぬし、幻夜斎どのを捜していたのか──」

「どこにいる？」

「幻夜斎どのを捜して、なんとする？」

「幻夜斎はどこにいる？」

「さて」

飛丸が、また横へ動く。

「言え」

「幻夜斎どのは、恐ろしいお方ぞ。この世のものならぬ力をあやつることができる」

飛丸が横へ動きながら、少しずつ前へ出ている。

その時には、もう、ヨシオが武蔵の背後に回り込んでいる。

くふう

武蔵の背後で、気合いが放たれた。

ヨシオが、地を蹴って、剣で武蔵を突いてきたのである。

「ぬん」

武蔵は、軽く左へ動いて、後ろも見ずに、無造作に右手の剣を横に払った。

ヨシオの胴が、腰から上下に両断されていた。

ヨシオの上体が、草の上に落ちた。

両断された場所から、血と共に、どっと内臓が草の上に吐き出され、夜気に湯気をあげた。

ヨシオの下半身は、数歩、武蔵の右横を駆け抜けて、何かにつまずいたように前に倒れた。

武蔵は右手に握った剣だけで、人の胴を両断したのである。

凄《すさ》まじい腕力であった。

強烈な血の臭いが、夜気にこもった。

しかし、その臭いを、武蔵も飛丸も嗅いではいない。

武蔵の剣が、ヨシオの胴に潜り込んだ時には、すでに飛丸が動いていたからである。

飛丸は、左側から、武蔵に斬りかかっていた。
飛丸がねらったのは、武蔵の頭部でも、胴でもなかった。
飛丸がねらったのは、武蔵の肉体で一番自分に近い所にあるものであった。
それは、武蔵の左手首であった。
「ちいっ」
武蔵が左手首を引いた。
引いた左拳の、数ミリ先の空間を、剣の刃先が疾り抜けていた。
後方に退がる飛丸を、ヨシオを斬ったばかりの武蔵の剣が、追う。

ぎん！

肩口に向かって疾ってきた武蔵の剣を、飛丸が受けた。
またふたりは向きあった。
「微塵流のやり方は知っている」
武蔵は言った。
太い唇が微笑した。
飛丸は、浅く腰を落として構えていた。

今度は、上段ではない。

腰の高さで、柄を武蔵の方に向けていた。

刃先を後方へ向け、やはり、自分の背後に隠している。

「なるほど」

飛丸が、つぶやいて笑った。

「そうか、武蔵よ。ぬしは、おれを殺せぬのだな。おれの口から幻夜斎どのの居場所を聴かねばならぬからな」

さっき、文三が優男に言ったのと、同じようなことを、飛丸は言った。

「ふふん」

「文三のことを知られたからには、ぬしを殺さねばならん」

飛丸が言った。

その時、横手で声があがった。

「あぎいっ」

「くむうっ」

文三と、優男の声であった。

優男が、わずかに横手の武蔵と飛丸に気を取られた瞬間に、文三が襲いかかったのである。

文三が、宙に飛んでいた。
文三が、上から襲ってくると見て、優男が剣でその攻撃を受けようとした。
しかし、文三の身体は、宙から落ちて来なかった。
宙に跳んだ文三は、頭上に下がった橅の枝を、左手で摑《つか》んでいたのである。
軽く橅の枝を揺すって、文三の身体が、その反動を利用して宙に浮きあがった。
別の枝に飛び移ったのだ。
ざあっ、
と、しなった枝が鳴った。
「飛丸さま」
優男が言った。
「文三を追って下さい。この男は、わたしが――」
「おう」
と答えて、飛丸が、刃先を隠したまま、後方へ退がってゆく。
それを、武蔵が追う。
その武蔵に、優男が、横手から剣を疾らせてきた。
鋭い。
受けた。

受けた瞬間に、飛丸は、武蔵の間合いの外へ完全に逃《のが》れていた。

飛丸が、そのまま、宙でまだ揺れている、文三の跳びついた枝に向かって跳躍していた。

ざざっ、と枝を鳴らして、飛丸もまた、文三を追って、夜の宙へ飛んでいた。

追おうとする武蔵に向かって、

「ゆかせぬ！」

優男が斬りかかる。

「ちいっ」

武蔵が、優男の剣を、自分の剣で横へはじいた。

そのまま、横へ流された剣ごと、上体を崩してたたらをふむかと見えた優男が、そこに踏みとどまって、はじかれた剣を返してきた。

鋭く、そして柔軟な剣であった。

「むん」

武蔵が、初めて、剣を両手に握って、上から下に打ち下ろした。

優男の左手首を、武蔵の剣が両断した。

しかし、左手首は落ちない。

まだ、剣の柄を握ったまま、そこにぶら下がっている。

その自分の手首をぶら下げた剣を、優男の右手が握っている。

「ぐっ」

と、優男は、喉の奥でくぐもった声をあげただけであった。

「充分――」

小さく優男の唇がつぶやいた。

武蔵の次の攻撃がくる前に、優男は、後方に向かって跳んだ。

跳んで、熊笹を鳴らして、藪の中に走り込んでいた。

武蔵は、優男の後を追わなかった。

文三と、飛丸が姿を消した方向へ、身を転じていた。

――む。

身を転じた武蔵は、そこで動きを止めていた。

優男が〝充分〟と言った意味を、武蔵は理解していた。

武蔵に、文三と飛丸の後を追わせぬための充分な時間をかせいだと、そういう意味であった。

六

武蔵の前には、森の濃い闇が、分厚く重なっているばかりであった。

細く、天から月光が差してはいるが、すでに姿の見えないふたりを、追えるだけの明るさではない。

ざ……


と、闇の彼方で、小さく枝の鳴る音がした。

その音の方向へ、足を踏み出しかけて、武蔵は足を止めていた。

前方の闇の中に、人の気配を察知したからである。

「まったく、あんたには、夜でも近づくことができねえんだな」

闇の中から声がした。

武蔵の知った声であった。

熊笹を踏む音がして、闇の中から、ひとりの男が姿を現わした。

つい昨日、伊吉を殺そうとした機械人を、武蔵の前で倒した男——来輪左門《くるわさもん》であった。

「あんたか」

「文三の逃げた場所なら、わかっている。ゆっくり、後を追えばいい。おれは今、そこから来たんだ——」

「ほう」

「やっと文三のねぐらを見つけたんだよ。そこで、文三を待ってたんだが、なかなか姿を現わさないんでね。何かあったかと、森の中をさぐっていたら、おたくらが争っているのを見つけたんだよ――」

そこまで言った左門が、言葉を切り、そこで足を止めた。

「何だ?」

小さくつぶやいて、かがみ込んだ。

何かを踏んだらしい。

「どうした?」

武蔵が訊いた。

「灯りを点《つ》けるぜ」

左門が言った。

かがみ込んでいた左門の右手の中に、小さく灯りが点《とも》った。

電気の灯りである。

小型のミニライトを持ってきているらしい。

「手首か――」

左門がつぶやいた。

武蔵が、左門の横に立ってその灯りの中を見下ろした。

そこに、人の右手首が落ちていた。
太い、鉈《なた》を握った右手首であった。
飛丸が斬り落とした、文三の手首であった。
右手首の斬り口からは、ほとんど血がこぼれ出ていなかった。
「むう──」
左門がつぶやいた。
その右手首の切り口の肉の中──血管の中から、何かが這い出てこようとしていた。
白い、小さな、幼児の小指ほどの太さのものだ。
もこもこと、その周辺の肉が動く。
それが、肉の中から、頭部を外に出してきた。
いやな形をした、白い、もの──
蟇蟲《ひきむし》の幼虫であった。

七

武蔵と左門は、並んで、闇の中を歩いている。
どちらも、夜目が利《き》くらしく、わずかな月光の明かりしかないというのに、歩き方は無造作である。

左門は、腰に、ウェストバッグを付けている。そのウェストバッグが、中に入れられたもののため、丸くふくらんでいる。

武蔵は、その中に何が入っているかを知っていた。

文三の右手首であった。

正確に言うなら、文三の右手首と、蟲《むし》である。それを入れた、金属の筒が、そのウェストバッグの中に入っているのである。

「こっちだ」

時々、左門が進む方向を指示する。

その方向にむかって、武蔵は左門に並んで歩いてゆくのである。

並んで歩くのには、互いに理由がある。

武蔵も、左門も、どちらもが相手の前を歩くのを——つまり、相手に背を向けるのを避けたのである。

どうしても、どちらかが先にゆかねばならないケースが生じた時には、充分に距離をとってから、前後して歩く。

互いに、申し合わせて、そうしているのではない。

自然に、そういうような歩き方になっているのである。

「おい、左門――」

武蔵が、左側を歩いている来輪左門に声をかける。

「なんだ、武蔵――」

左門が答える。

「あんたに興味があったのは、文三ではなく、蟲だったというわけか――」

「ふふん」

武蔵の質問を、肯定するでもなく、否定するでもなく、左門は低く声を洩らした。

「何故、蟲を生かしたまま、持ち帰ろうとする？」

武蔵が訊いても、左門は答えない。

「隠密《おんみつ》かい、あんた？」

ふいに、武蔵が問うた。

ひゅう

と、左門が小さく口笛を鳴らした。

「こいつは驚いた。あんた他人のことがわかるのかい？」

左門が言った。

「やはりな」

「おいおい、おれはまだそうだとは言ってないぜ」

「金沢藩が、新しい兵器を造ろうとしているというのは、あちこちで耳にしていたよ。それが、蟲を利用したものらしいってこともな――」

武蔵が、左門の言葉を無視して言った。

「それで、浮浪人が、あちこちから金沢に集まってきているってわけだ。あんたのような人間から、その秘密を守るために、金沢に雇ってもらえると思ってな――」

「新しい兵器を造るったって、金沢だけじゃない。あちこちの藩で、兵器の開発はやっているさ。それに、金沢藩も、無闇には、浮浪人を雇ったりはしない。かえって、そういう浮浪人者に化けて、隠密が入り込む可能性もあるからな。雇ってもらえたとして、仕事は、せいぜい使いっ走りか、理由も知らされずに、誰かを殺して来いだとか、そんなところだろうよ」

「昨日の連中のようにか?」

「ふふん……」

どちらからともなく、言葉を発しなくなり、足音を忍ばせて歩くようになっていた。

闇の向こうに、微かな人の気配を感ずるようになったからである。

武蔵も左門も、それに気づいている。

「じきか？」

武蔵が囁くような声で訊いた。

「ああ」

左門が答える。

足取りが、さらにゆっくりとしたものになった。

誰かが闘っている気配が、近くなっていた。

さらに、近づいた。

闘いの気配がはっきり、音となって耳に届いてくる。

闘っている、というよりは、一方が逃げ、それを、片方が一方的に追いつめているらしい。

「右だ」

左門が言った。

気配の届いてくる方向とは違う方向へ左門が足を向けた。

歩くうちに、巨大な、橅《ぶな》がそびえている場所に出た。

前方の闇を、さらに濃い闇が塞いでいると見えたが、それが、巨大な橅であったのだ。

「その橅の根の間に、穴があってな。その奥が、やつのねぐらになっている」

左門が言った。

「ふむ」

「ここで待っていれば、向こうから、ここへやってくる。やって来れば——」

そこまで言って、

「——おもしろいことになる」

左門は微笑した。

「おもしろいこと？」

「うむ。色々と細工をしておいたのでな」

「なんなのだ？」

「お楽しみさ」

左門は言った。

「ところで、おれが欲しいのは文三なのだが、あんたの方は？」

左門が武蔵に訊いた。

「飛丸《とびまる》だ」

「じゃ、決まったな」

「ああ」

「ふたりが来たら、おれが文三の相手をする。あんたは、勝手に、飛丸と自分の用事を済ませたらいい」

「いい考えだな」

話している間にも、ふたりが闇の中でたてる音が、近づいてくる。

ざざっ、

頭上の、椈の枝が鳴った。

巨大な椈の幹に黒い影が飛びつき、その幹を滑り降りて来た。

文三である。

文三が、下に降り立つ寸前、

ざわっ

また頭上で枝が鳴った。

文三の横に、黒い影が降り立った。

飛丸である。

文三が、横へ跳んで逃げる。

それを飛丸が追おうとした時、

「よし」
左門が低く言った。
ちっ
と、左門の手元で、小さく火花が跳ね、その火花が、足元に落ちた。
火花の落ちた左門の足元から、細い炎が、巨大な橅の幹に向かって疾《はし》った。
左右に離れた文三と飛丸の間を炎は疾り抜け、たちまち、橅の幹を駆け上った。
地上から、四メートルほども炎が上った時、

ぽん、

そこで、青い炎がはじけた。

その青い炎の中に、文三と飛丸の姿が、浮きあがった。

炎は、消えずにぶなの周囲の闇を照らした。

飛丸が、大きく後方に跳んでいた。

そのまま、光の届かない闇の中に走り込もうとした時、飛丸の前に、巨大な姿が立ち塞がった。

武蔵である。

「逃げるなよ。話の続きをしに来たんだ」

武蔵の太い唇が、にっ、と微笑した。

「楽しい細工だろう?」

向こうから、左門が声をかけてきた。

「なかなかのものだ」

武蔵が答えた。

「文三は、穴の奥に逃げ込んだ。こっちは勝手にやるから、そっちも勝手にやってくれ。そっちを手伝っていると、文三が逃げちまうからな——」

左門が、その穴の前に立って言った。

「さて——」

武蔵は、また、飛丸に向かって言った。

武蔵は、剣も抜かずに、そこに立っているだけである。

しかし、左門と話をしている間も、武蔵は飛丸から視線をそらせていたわけではない。

隙が、あるような、ないような、不思議な気配を、武蔵はその肉体から立ち昇らせていた。

巨大な岩を、そこに置いたような迫力がある。

不動のように見えて、飛丸が何か仕掛ければ、たちまちその肉体は、風の疾《はや》さで動きそうであった。

「幻夜斎《げんやさい》が、どこにいるか、そう訊いたあたりまでだったかな」

武蔵は言った。

飛丸は、左手に、剣を握っている。

普通よりも、やや短い剣である。

刃も、少し、薄いようであった。

片手で自由にあやつれるようにという、そういう目的の剣であるらしかった。

飛丸は、その剣を握って、ゆっくりと後方に退がってゆく。

武蔵の間合いのうちから外へ出ようとしているらしい。間合いの外へ出たその瞬間に、背を向けて逃げようという心づもりのようであった。

武蔵が、それを追って、軽く足を踏み出したその瞬間に、タイミングを合わせて、逆に飛丸が前に出てきた。

武蔵の胸を、その剣で突いてきた。


ぎん！

音がした。

武蔵が、飛丸の攻撃を避け、横へ身をかわしながら背の剣を引き抜き、それで、自分の脇を疾り抜けてゆく剣を、真上からおもいきり叩いたのである。

飛丸の剣が、その一撃で折れていた。

返す剣で、武蔵が、剣先を上に跳ねあげる。

その剣が、逃げる飛丸の顔の左横を、斜め上に疾り抜けた。

その剣が、飛丸が頭部に巻いていた黒い布を裂き、浅く皮膚を裂いた。

黒い布が、切られて、飛丸の顔からはずれた。

む!?

小さく、武蔵が息を呑んだ。

武蔵が、剣を上へ跳ねあげたまま、動きを止めていた。

く、

く、

く、

と、飛丸が、低く、喉の奥で笑った。

その飛丸の頭部を覆《おお》っていたのは、銀髪であった。

そして、左門が点《とも》した青い炎の灯りを受けて光っている飛丸の瞳の色——それは、毒々しいまでの真紅《しんく》であった。

「わかったようだな。何故、このおれが兎の飛丸と呼ばれるのか——」

飛丸が言った。

白い髪、紅《あか》い目、それが異様であった。

「アルビノか」

武蔵が言った。

アルビノというのは、本来はその生物が有しているはずの色素の無い生物をさす言葉である。

色素が無いから、髪が白く見え、瞳のむこう側の血の色が赤く透けて見えるのである。

飛丸の頬も、ぞっとするほど色が白かった。

その白い左頬に、斜めに刃物傷が疾り、真紅の血が、その傷口から流れ出していた。

「幻夜斎どのは、ぬしらごときの手におえるお方ではないわ」

飛丸が、言う。

「ふふん」

と、武蔵が前へ出る。

飛丸が、じりっと後方へ退がる。

「おれを、斬ることができぬのが、ぬしの弱みよ」

と、飛丸が言った時、
ぽん、
と、横手で音がした。

横の橅の巨樹の下――文三が逃げ込んだ穴から、大量の煙が吐き出されていた。

「そちらはどうだ、武蔵――」

左門が声をかけてきた。

「こちらは今、文三を燻《いぶ》し出そうとしているところだが、こっちが済んだら、加勢をしてやろうか」

「こっちも、すぐに済む」

武蔵は言った。

言った時には、武蔵は、ひょいと、大きく足を前に踏み出していた。

飛丸は、足を踏み出してきた武蔵の顔面に向かって、左手にまだ握っていた折れた刀を投げつけてきた。

きいん、と、武蔵が、その剣を横にはじいた。

武蔵の注意が、飛来したその剣に向けられたその一瞬、飛丸が、右手を懐ろに入れて、そこから金属光を放つものを取り出していた。

ナイフであった。

取り出しざま、それを、さらに武蔵に投げつけようとした。

腕を振った。

しかし、ナイフは、飛丸の右手を放れては飛ばなかった。ナイフは、飛丸の腕ごと、武蔵の横を疾り過ぎた。飛丸が、ナイフを放つ寸前に、前に疾った武蔵が、ナイフを握った飛丸の右手を、肘《ひじ》のあたりから、みごとに斬り落としていたのである。

どん、
と、腕が、重い音をたてて地に落ちた。

「安心しろ、殺しはしない」

武蔵が言った。

武蔵の前に立っている飛丸の左手が、右腕の肘を押えていた。

そこから、滾々《こんこん》と赤い血がわき出して、下の土を赤く染めていた。

「まだ、口は利けるんだろう？」

武蔵は言った。

「一本ずつ、手足をすっ飛ばされて、あげくの果てに言うよりは、今のうちに言った方がいいな」

武蔵が、諭《さと》すように言った。

八

飛丸は、歯を噛んで、武蔵を睨んでいる。

自分が、すでに、武蔵の間合いにいることは、飛丸も理解している。

じりっと後方に退がりかけると、それと同じ分だけ、武蔵が前に出る。

武蔵の間合いからは、逃《のが》れられない。

「幻夜斎はどこだ?」

武蔵が訊く。

「東京――江戸《えど》か?」

つうっと、武蔵の剣が上に持ちあがる。

「武蔵とやら、うぬは、何故、幻夜斎どのの居場所を知りたがる?」

「どこだ?」

さらに、武蔵の剣が持ちあがる。

その剣先が、次は、左腕だと、無言のうちに告げている。

飛丸の白い額に汗が浮いていた。

「言え、武蔵。居場所を知って、幻夜斎を何とする?」

「殺す」

短く、武蔵は言った。

苦痛に歪んでいた飛丸の唇が、ひきつれたような笑みを浮かべた。

「幻夜斎どのは、螺王《らおう》の力を、わがものにされた方よ。うぬごときに、殺されるものではないぞ」

「ほう……」

武蔵の眼が、すっと細められた。

「おまえ、螺王の名を知っているのか?」

武蔵がつぶやいた時であった。

武蔵の右後方の森の奥から、一条の赤い光が疾《はし》った。

炎の光だ。

それが、夜の闇に赤い筋を引いて、文三が潜り込んだ、樹の根の間のうろに潜り込んだ。

「いかん!」

左門が小さく叫んだ。

暗い穴の奥に、
ぱあっ、
と、明るい炎が爆発した。

ごう、

と、穴から大量の炎が噴き出した。

左門の姿が、シルエットとなって、その灯りの中に浮きあがる。

一片の金属が、闇の中から、武蔵目がけて、疾ってきた。

「む」

武蔵が、自分の頭部目がけて飛来したその金属を、剣で叩き落とした。

その瞬間を、飛丸は逃《のが》さなかった。

大きく後方に跳んで、樹の影に潜り込んだ。

それを追おうとする武蔵に、さらに、金属片が宙を疾ってくる。

剣で、武蔵がそれをはじく。

飛丸が、武蔵の間合いから、完全に逃れていた。

「逃げられよ、飛丸さま！」

森の奥から声がした。

優男《やさお》の声であった。

ざ、
ざ、
と、繁みを鳴らして、声が動いてゆく。
繁みを鳴らしてゆく方向と、声の方向が逆であった。
どちらへ動いているか、それを隠すための細工らしかった。
「また会おうぞ、武蔵……」
飛丸の声が、闇の後方から届いてきた。
その声が、聴こえている間にも、さらに遠くへと逃れてゆく。
「武蔵！」
左門が声をあげた。
燃えあがる樹の根の間から、炎の塊りが走り出てきた。
文三であった。
文三の服が、炎をあげている。
頭の上で、その炎がめらめらと動いている。
文三の頭髪が燃えているのである。
走り出てきた文三が、そのまま武蔵に向かって突っ込んできた。

「殺せ！」

左門が言った。

「殺して火を消すんだ」

言いながら、文三を追って、武蔵の方に走ってくる。

「むん」

武蔵が、走ってきた文三の頭部に、真上から剣を打ち下ろした。

その剣が、炎の中に潜り込んで、文三の頭蓋を割り、脳天から鼻先までを断ち割っていた。

どう、
と、文三が前のめりに倒れ込む。

倒れてもなお、文三の髪と、服が燃えている。

炎を、穴の中に打ち込まれた時に、火弾《かだん》中の大量のガソリンを全身に浴びたらしかった。

炎に全身を包まれて、文三が、身をよじる。

死んだ文三の身体が、炎に焼かれて、ねじれてゆく。

焼かれている魚が、炎の上で身を反《そ》らせるのと同じ現象がおこっているのである。

しゅっ、
と、音がした。

左門の右手から、白煙が迸《ほとばし》り、それが、文三を包んだ。

消火弾の煙である。

左門が、右手にまだいくつかの消火弾を握っていた。

次の消火弾を使うまでもなく、文三の全身を包んでいた炎が、消えた。

「ふう」

左門が息を吐いた。

「色々持っているんだな」

武蔵が言った。

「煙草屋《たばこや》で、ライターと一緒に売ってるんだ――」

左門は、本気とも冗談ともつかない口調で言った。

炎の消えた、文三を、武蔵と左門は見下ろした。

身をよじっていた文三が、半分、上半身を上へねじむけていた。

眼を開いて死んでいた。

開いたその眼球が、炎で煮えて、白く濁っていた。

まだ、その眼球から、湯気が立ち昇っている。

「やつら、自分たちの手に回収できぬと知って、始末して行きやがった」

左門が言った。

武蔵に断ち割られた、文三の頭の内部が見えている。

やはり、煮えて、湯気をあげている脳がそこにあった。

「見ろよ」

左門が言った。

脳の内部から、幾つもの白いものが、顔を出していた。

「蟇蟲《ひきむし》の幼虫だな」

武蔵が言った。

「みんな、死んじまっている」

左門が言った。

「腹を割ってみるか?」

「ふん」

「生きた蟲を欲しいんだろう?」

「この分じゃおそらく、内臓の方にいる分も、くたばっちまってるだろうさ――」

左門がつぶやいた。

「しかし、一匹は、手に入れたわけだな」

武蔵が言うと、

「まあ、そういうことだ」

左門は、軽く、ウェストバッグの上に手を置いて、小さく微笑した。

「どうする？」

武蔵が左門に言った。

「どうするって？」

左門が逆に訊いた。

「腹が減った」

武蔵はつぶやいて、腹を押えた。

「飯を持ってないか」

おそろしく健康そうな音をたてて、武蔵の腹が鳴った。

第四章　悪夢王

一

新しい畳が、よく匂う部屋であった。
一方の壁に床の間があり、その床の間の向かい側の壁が、障子戸《しょうじど》になっている。
床の間に頭を向けるかたちに、床がのべられ、その枕元に、行灯《あんどん》が点っている。
赤い、柔らかな灯りが、その行灯の中で揺れている。
灯りは、それひとつだけであった。
部屋全体が、その暗い、赤い光の中に、ぼうっと浮きあがっている。
のべられた蒲団の上に、ひとりの青年が仰向けになっている。
癖のない髪が、肩まで伸びた青年であった。
美麗な貌《かお》立《だ》ちをしていた。

濃い、黒い瞳が虚空《こくう》を見ている。
どのような表情も、その瞳には浮かんでいない。
唇が、赤かった。
闇の中でも、それとわかるほどの真紅である。
皇王《こうおう》と呼ばれる青年である。
青年、皇王は、全裸であった。
肌が白い。
女のような肌の色をしている。
なよやかであるが、肉がゆるんでいるという印象はない。
筋肉が浮き出てこそないが、ひきしまった肉をしているのがわかる。
脚が、惚れぼれするほど、長い。
皇王の右横に、ひとりの、髪の長い女が膝を突いていた。
膝を突いて、皇王の下腹部に、顔を伏せている。
やはり、全裸の女であった。
女が、その唇で、皇王に奉仕しているのである。
女の唇の動きは、巧みであった。
唇が男の硬くなったものの周囲を滑り降り、顔を左右にねじりながら、また、上に登ってゆく。

口の中で、女の舌が、小刻みに動いているのがわかる。

女の唇が先端まで登りつめた。

ようやく、男のかたちが露《あら》わになった。

それは、肉の凶器であった。

端正な皇王の顔からは、想像できないほど、巨大で、毒々しい形状をしていた。

小柄な女の、手首ほどの太さがある。

音を立てて、女はそれを吸いたて、唾液を塗りつけた。

唇を離し、前に身を乗り出して、重く垂れた両の乳房で、それを包んだ。

女が、自分の両手で、左右から両の乳房を押して、その肉の凶器をはさみつける。

それで、男のものを、揉《も》みたてた。

それをしばらく続けた後、その凶器を右手に握り、先端を、左の乳首に押しあてた。左の乳房を左手で押え、擦《こす》る。

女が、初めて、小さく喘《あえ》いだ。

その喘ぎ声を、外に洩らすまいとするように、唇をまたかぶせてゆく。

喉の奥まで呑み込んだ。

それを喉で締めあげ、また吐き出し、左手で握って、手を上下に動かした。

女の舌が、肉の凶器のさらに下方に這い降りてゆく。

肉の凶器の付け根より、さらに下方の脚の合わせ目に、顔を潜り込ませ、そこに舌を使った。

その間も、左手は、激しく動いている。

しかし、皇王は、ただ、唇を閉じ、瞳を動かさずに、天井を見上げている。

その動かない皇王の瞳が、小さく動いた。

女が、唇の奉仕をやめていた。

何が起こったのか、女にはよくわかっていた。

唇をはずし、手を離して、女は畳の上に退がった。

両手を、畳の上に突き、頭を下げた。

「お許しを、皇王さま……」

その声と、身体が、小刻みに震えていた。

ゆっくりと、皇王が身を起こした。

黒い瞳が、女を見た。

「おまえ……」

表情のない唇が、静かに動いた。

「歯をあてましたね」

低い、よく透《とお》る声で言った。

「お許しを――」

女の身体が、さらに激しく震えた。

「この畳は、換えたばかりだったのですよ」

囁くように、皇王は言った。

「いつも、この部屋の畳は、新しい……」

つぶやきながら、皇王が、枕の下に右手を伸ばした。

そこから、黒鞘の短刀をつかみ出した。

黒い鞘に、螺鈿《らでん》の模様が入っている。

すっ、
と、刀を抜いた。

吐息さえも切れそうなほどに、刃が鋭い。

皇王は、その刃に、紅い唇を押しあてた。

舌先が、ちろりと、刃を舐めた。

「責任をとりなさい」

静かに、皇王が言った。

「お、お……」

女は、声が震えて、言葉を発せられないらしかった。
額を、畳にこすりつけたまま、顔すらあげられないでいる。
皇王が、膝で、女の側へ寄った。
女の肩に左手の白い指先をあてた。
「顔をあげなさい」
女が、恐怖に歪んだ顔をあげた。
「背を伸ばしなさい」
皇王が言った。
がくがくと身体を震わせながら、女が背を伸ばした。
その時——
皇王の、短刀を握った手が動いた。
女の白い腹に、刃が潜り込んだ。
女が、眼をむいて、悲鳴を放った。
暴れる女を、皇王が抱えて立ちあがった。
女が、皇王に抱えられて、動くのをやめた。
よほど強い力が、女を押え込んでいるらしい。
皇王の肉の凶器は、まだ天をむいていた。

女を押えながら、皇王は、その凶器の先端を、今、刃物で造ったばかりの傷口にあてた。

血のぬめりを先端に塗り、その腹の傷の中に、肉の凶器を潜り込ませた。

女が、高い声を放った。

皇王が、腰を動かした。

女の腹筋が、その肉の凶器を締めつける。

「おう……」

初めて、皇王の瞳に、喜悦の色が動いた。

強い動きを送り込んだ。

女が、悲鳴をあげ続ける。

女の腹の中に、皇王が放ち終えた時、女もまた、動きを止めていた。

「また、畳を汚したか――」

皇王の唇に、笑みが浮いていた。

二

そこは、黄金の部屋であった。

何もかもが、黄金でできている。

和室である。

いや、和室風の部屋だ。

柱や、天井や、壁、畳、襖《ふすま》——かたちばかりは和室風に造ってはあるが、そのどれもが黄金でできているのである。

床の間も、床柱も、黄金である。

座蒲団までが、黄金の光を放っている。

よく見れば、細い鎖で編まれた座蒲団である。糸のような細さの鎖だ。

その座蒲団の上に、皇王《こうおう》が座している。

その、皇王の着ている和服だけが、漆黒であった。

黄金の部屋にあって、その黒が鮮やかであった。

皇王の瞳が黒である。

髪も、黒い。

顔と、細い頸、それから膝の上に乗せた手首——見えている肌のその部分の全てが白である。

唇だけが、紅い。

その部屋に存在する色は、それだけであった。

黄金。

黒。

白。

紅。

他の色は、ない。

部屋の中央の、黄金の鎖で造られた畳の上にある黄金の灯明皿《とうみょうざら》――そこで燃えている炎までも、黄金色をしているようであった。

皇王は、床の間を背にし、その炎を前にして、座していた。

皇王の前の襖は、堅く閉ざされている。

金粉を、分厚く塗り込んだ襖であった。

その表に、黄金色の炎が映って揺れている。

皇王は、静かに座して、その炎の動く襖を眺めていた。

――と。

その襖の向こうから、人の足音が近づいてきて、声がかかった。

「呼んでまいりました」

男の声――痴玄の声である。

「入りなさい」

皇王が抑揚のない声で言った。

襖が開いた。

そこに、ずんぐりとした、痴玄が、白衣を着て立っていた。

顔は、人だ。

額が大きく禿げあがった老人である。

頭の左右から、耳の上に長い白髪がかぶさっている。

上下に潰されたような顔をしていた。

肌は、きれいなピンク色をしているが、皺が多い。

ハンザキ――そう呼ばれるオオサンショウウオを、人の顔らしく造り変えたような印象がある。

短い頸の両側に、鰓《えら》がある。

白衣の袖から見える手の甲には、鱗《うろこ》があり、白衣の下から、ぼってりとした爬虫類《はちゅうるい》の尾が伸びている。

丹術士《たんじゅつし》の、痴玄である。

「臭われますな、皇王さま」

痴玄が言った。

「血の臭いというのは、なかなか落ちないもののようですね」

「また、あの部屋の畳を換えねばならぬようなことをなさいましたな」

痴玄が、その部屋の中に入った。

痴玄の後方——廊下の闇の中に、まだ、人の気配があった。

ふたりの男が、そこに立っている。

飛丸《とびまる》と、優男《やさお》であった。

飛丸は、右腕に、優男は左腕に、それぞれ包帯を巻いている。

どちらも、夜千ガ森で、武蔵に、そこから先の手首を斬り落とされたのだ。

「入りなさい」

皇王がまた言った。

飛丸と優男が、その黄金の部屋に入ってきた。

「座りなさい」

皇王が言うと、堅い表情で、飛丸と優男が、そこに座した。

黄金の畳の上に、直接、座した。

皇王から向かって、左側から、優男、飛丸、痴玄の順で腰を下ろした。

「失敗したようですね」

囁くように、皇王が言った。

「はい」

小さく、飛丸が答えた。

銀髪――そして赤い血の瞳を持った男だ。

「邪魔が入ったらしいですね」

「例の、武蔵という男が、急に姿を現わしまして――」

「ほう」

「他にもひとり、妙な男がやってきました。金沢藩に侵入している隠密《おんみつ》のひとりかと思われます」

「で、文三は？」

「始末しました」

「本当に？」

「火をはなちました。蟲《むし》の幼虫は、熱に弱いので、あれで全部死んだと思われます」

「文三が、いよいよこちらの手に入らぬ場合には、そうせよと言っておきましたが、まさか、本当にそうなるとは思いませんでしたよ」

皇王は言って、少しの間沈黙した。

あらためて、飛丸を見やり、

「武蔵という男は、何をしに来たのですか？」

飛丸に訊いた。

「文三を殺すように、文三の息子の伊吉に頼まれたのだと言っていましたが、本当の目的は、自分にあったようです」

「自分？」

「この飛丸に会うのが目的であったらしいということです」

「どういう目的ですか」

「壬生幻夜斎《みぶげんやさい》はどこにいるのかと、そう訊かれました」

「壬生幻夜斎!?」

「そうです」

「螺王《らおう》の力を得たと言われるあの幻夜斎か――」

「はい」

「何故、武蔵という男が幻夜斎を捜しているのですか？」

「わかりません。いえ、殺すと、そう言っていました」

「殺す？　幻夜斎をですか」

「そのようです」

「ふむ――」

皇王が、膝に置いた手を持ちあげて、腕を組んだ。

「皇王さまは、螺王の力というのを知っているのですか？」

飛丸が訊いた。

皇王が、視線をあげて、飛丸を見た。

その眼が、すっと細まった。

「おまえ、今、わたしが螺王の力について知っているのかと問うたのですね」

飛丸に訊いた。

皇王の瞳が、飛丸の眼を見た。

「はい――」

そう答えた飛丸の声が、皇王の眼に押されて、やや震えを帯びている。

「そ、それが、何か……」

そこまで言った飛丸が、ふいに、自分の心臓のあたりを、左手で押えた。

「ぐっ……」

声をつまらせた。

飛丸の顔全体が、醜く歪んでいる。

何かの苦痛に耐えている顔であった。

飛丸が口を開いた。

呼吸をしたいのに呼吸ができない。

そういう顔であった。

それを、醒《さ》めた目で、皇王が見ている。

皇王の紅い唇が、小さく吊りあがった。

がひゅう、
と、飛丸が、大量の大気を肺の中に吸い込んだ。

そして吐く。

それを何度も繰り返した。

やっと呼吸を整えてから、

「い、今のは、螺王《らおう》の力……」

「わかりましたか」

静かに、皇王が言った。

「今の倍も力を込めれば、おまえの心臓は潰れていますよ」

言った皇王の視線が、痴玄へと動いた。

「痴玄――」

「は」

痴玄が、禿げた額を下げる。

「矢坂天心《やさかてんしん》の方はどうですか？」

皇王が訊いた。

矢坂天心――初代の矢坂重明《じゅうめい》から数えて、五代目の、金沢の国主である。

「もって、あとひと月。早ければ、十日ほどで、亡くなられましょうな」

「少し、予定を急ぎましょうか。何か、急に動き出してきたようです——」

「はい」

「蟲の件が、うまくゆけば、すぐにも動ける準備をしておかねばなりません」

「——」

「すでに、彌勒堂《みろくどう》は、わが手にあります。問題は、大螺王——」

「さようで」

「大螺王が、どこにあるのかですが——」

「京か、江戸か、どちらかでしょうが——」

「落としてみれば、わかるでしょうよ。いずれにあるにしろ、京も、江戸も、まだ大螺王を手に入れてはいないということですね」

「はい」

「かつて、織田信長《おだのぶなが》が手に入れようとし、ついに手に入れられなかったもの。大螺王を手に入れた者が、天下を支配できるということです」

皇王の紅い唇の両端が、ゆっくりと、左右に吊りあがっていく。

「飛丸だけ、ここに残りなさい」

皇王が言った。

「幻夜斎の話、もう少し詳しく聴きたいものです――」

三

裸電球の下で、四人の男たちが、それぞれ思いおもいの格好で、顔を見合わせていた。

九兵衛は、古い絨毯の上に胡坐《あぐら》をかき、ドアのテーブルの上に置いたグラスに、時々手を伸ばしては、酒を飲んでいる。

武蔵は、そのむかい側の、テーブルから離れたコンクリートの瓦礫のひとつに背をあずけ、床に腰を下ろしていた。

片膝を立て、両脚の間に大ぶりの太刀を立て、その柄を右肩にかけている。

両腕を、その剣にからめるようにして、武蔵は九兵衛がうまそうに酒を飲むのを見ている。

来輪左門は、皆より一段高い瓦礫の上に腰を下ろして、足を下へだらりと下げていた。

右手を、その瓦礫の上に突いて、空いた左手で、時おり自分の髪を掻きあげる。

作業衣を、上半身にひっかけただけの格好だが、それが、不思議と様《さま》になっている。

残ったひとりが、伊吉であった。

伊吉は、九兵衛の横に膝を突いて、かわるがわる、三人に視線を動かしている。

「じゃあ、親父は――」

伊吉は、武蔵に視線をやり、つぶやいた。

「斬ったよ。おれがな」

武蔵がつぶやいた。

「蟲にやられてたのさ。脳の中にまで、蟲が入り込んでいたんだ。どちらにしろ、いくらも生きられなかったろうよ」

「はい」

複雑な表情で、伊吉はうなずいた。

父親の文三がおかしくなり、妻の千絵を目の前で犯され、娘を喰われ、鉈で襲われたとはいえ、実の父である。

頭に血を昇らせて、文三を殺してくれと、武蔵に頼みはしたが、いざ、父親が死んだという知らせを耳にしてみれば、思いは複雑である。

「それで、千絵は、千絵はどこに……」

「さて――」

武蔵が、つぶやいた。

「金沢城であろうよ」

言ったのは、左門である。

「うむ」

武蔵がうなずいた。

「文三が、しばらく千絵と一緒であったということは、千絵も一緒に、彌勒堂の連中に追われていたということだろう。千絵も、蟲のことを知っている以上、彌勒堂が、おとなしく放っておくはずもない――」

「――」

「城へ連れて行ったか、殺されたか――」

左門が言うと、

「くっ」

伊吉が、声を呑み込んだ。

「生きていれば、その女は城内であろうよ」

「千絵……」

伊吉が、絶望的な声でつぶやき、顔を伏せた。

コンクリートの瓦礫に、囲まれた部屋であった。

九兵衛と名のる、丹術士の老人の部屋がここであった。

「さて、それで、ぬしらはどうするのかな」

九兵衛が言った。

「城へゆく――」

言ったのは、武蔵であった。

「ほう」

「飛丸に会わねばならないからな」

武蔵は、剣を抱えたまま言った。

「あんたは？」

九兵衛が、左門に訊いた。

「おれも、城へゆく」

「何故？」

「人をひとり、連れてもどらねばならない」

「人？」

「丹術士の、痴玄という男さ」

「何故だ？」

「仕事さ」

左門がつぶやいた。

「蟲の現物と、蟲のことを知る男――金沢が隠そうとしているものを、全部、持ち出そうってわけか、あんた」

武蔵が言った。

「そういうことさ」

左門が言った時、

「おれも行く――」

伊吉が、言った。

「おれも行く。おれも城へ連れて行ってくれ――」

「行ってどうする?」

九兵衛が訊いた。

「千絵が、千絵が城にはいるんだろう?」

「生きているのならな」

左門がつぶやいた。

「行くよ、頼む。連れて行ってくれ――」

「しかし、生きていたとしてもなあ――」

左門が頭を掻いた。

「生きていたとしてもだって!?」

左門は、伊吉から視線を武蔵に移した。

「城にいる、皇王――あれはとんでもねえ男だぜ――」

左門が言った。

「どう、とんでもない？」

訊いたのは、武蔵である。

「やつが狙っているのは、まず、この金沢の国主の地位を手に入れることだ」

「そのことなら、それは、別に耳新しいことじゃねえぜ」

「まあ、聴けよ、武蔵。次に、やつが狙っているのは、京か江戸だ」

「あちこちの国主は、皆そう思ってるだろうな」

「武蔵、おまえ、やつが京か江戸を狙うことの意味はわかっているのか」

「大螺王だろう」

「そうだ。大螺王の力を手にした者は、日本を手に入れることができる。いや、世界の王になることも、できる――」

「まあ、そのように言われているな」

「しかし、その大螺王の力がどのようなものか、それをはっきり見極めた者はいない」

「うむ」

「わかっているのは、大螺王を手に入れた者は、天下のみでなく、不死をも得ることができるということだ」

左門は、武蔵の表情をうかがうように、言葉を切って、武蔵を見つめた。

「で？」

素《そ》っ気《け》ない口調で、武蔵は言った。

「皇王はな、京や江戸を手に入れる前に——つまり、この金沢で、その不死を手に入れようとしているのさ」

「へえ、それは初耳だったな」

特別に、驚いた風もなく、武蔵は答えた。

「やつが、この金沢で、皇王の地位を手に入れたのも、その不死を土産《みやげ》に、国主の矢坂に取り入ったからだ」

「ふうん」

「その皇王の片棒を担いでいるのが——」

左門がそこまで言った時、

「丹術士の痴玄であろうが」

九兵衛が言った。

「その通りだよ、爺さん」

「しかし、よいのかな？」

九兵衛が、左門に訊いた。

「何のことだ？」

「わしらに、そのようなことまで、話をしてしまってだ」

「まあ、いいさ。人にものを頼む時には、このくらいは話さねば話が進まんからね」

左門が言うと、九兵衛の眼が、すうっと細められた。

「どういう頼みごとかな」

「おれはね、あちこちで、色々と耳にしてきたんだよ。どうやら、この香林坊の瓦礫の下から、城の地下まで、道があるらしいって話じゃないか」

「ほう」

「九兵衛さん。おたくなら、その道を知ってるんじゃないかと思ってね」

「何故、わしが――」

「あんた、ここに棲《す》み始めて長いんだろう？　ここの地下のことなら、あんた以上に詳しい人間はいねえって聴いている」

「それはまあ、そうだよ」

「それで、そういう地下の通路があるんなら、おれに教えてもらえないかと思ってね」

左門は言った。

「わしは、ただの開業医さ。残念ながら、そういうものがあることは知らんし、知っておったとしても、危ない橋は渡りたくない」

「――」

「それに、あんたに協力してやって、わしに何かいいことがあるかね」

「どこか、別の藩の、お抱えの丹術士になる気はないのか」

「ないね」

九兵衛は、あっさりと言った。

「開業医といったって、それは表向きの顔なのだろう。丹術士は、皆、欲望を持っているのを、おれは知ってるぜ」

「欲望？」

「知への欲望と言ってもいい。単純に、好奇心と言ってもいい。どこかの藩に抱えられれば、自由に研究ができる――」

「中には、変わりものの丹術士もおるさ」

「あんたが、その変わりものの丹術士のひとりってことか」

「そのようだな」

九兵衛は、小さく、肩をすくめてみせた。

「残念だな」

左門は言った。

左門は、九兵衛から武蔵に視線を移し、

「武蔵、あんたはどうする？」

訊いた。

「どうとは?」

「城へゆくだろう。おれと、つるんで一緒に潜り込む気はないか——」

「なくはないな」

低く、剣に両膝を巻きつけたまま、武蔵が言った。

「一緒なら、お互いに仕事がやり易いんじゃないかと思ってね」

「ふうん……」

答えた武蔵の右腕が、するりと剣からほどけ、右手が、剣の柄を握った。

二センチほど、刃が鞘から抜かれて、白い刀身を見せた。

「お客さんのようだぜ」

座ったまま、左門が言った。

「九兵衛先生……」

瓦礫の奥から、男の声が聴こえた。

斜めに傾いた、コンクリートの壁の陰から、ひとりの男が姿を現わした。

貧相《ひんそう》な顔の、中年の男であった。

「何か用かな、清松《きよまつ》——」

九兵衛が言った。

清松と呼ばれた、中年の男は、まず九兵衛を見、それから、視線を動かして、武蔵、左門、伊吉の順に眺めていった。

「かまわぬから、用件を言いなさい」

九兵衛が言うと、男——清松がうなずいた。

「へえ、実は、急患なんですよ」

「ほう、急患？」

「腹が痛いってんで、やってきたんですよ。今日の診療は、もう終わりだって言ったんですがね。どうしてもって——」

「悪いらしいのか？」

「青い顔をして、はあはあ言ってるんですが、どうも、様子が妙なんでね」

「妙？」

「息が臭いんですよ。どうも、ジャコウミミズを喰ってきたみたいなんで——」

「ほう、ジャコウミミズを？」

「ええ。あれを喰べると、上べだけは、急性の盲腸炎みたいな風になるでしょう」

「ああ」

「最近、バザールの方で、色々と、九兵衛先生のことを嗅ぎまわっている連中がいましてね——」

「それなら、耳にしているわい」

「そっちの、身体のでかい兄さんと、そこの小さい人が、九兵衛さんのところへ、出入りしてるんじゃないかって、そんなことを調べてるんですよ」

清松は、武蔵と、それから伊吉を見て、言った。

「その連中と関係のあるやつだといけないと思ってね。表の、診察室の方に待たしておいて、とにかく、九兵衛先生に知らせに来たんですよ」

「ふむ」

「帰しますか――」

「本物の急患なら、ゆかねばならぬが――」

「ありゃあ、本物じゃありませんぜ」

清松が言った時、清松の、眼と眼の間から、ぬうっと、鋭く尖った金属が突き出てきた。

清松が、何かと、その額から突き出てきたものに手を伸ばしかけた。その手が、金属に触れる前に、くるりと、清松のふたつの眼球が白く裏返った。

そのまま、前にぶっ倒れた。

二度、痙攣し、すぐに清松は動かなくなった。

細い、金属の棒が、清松の後頭部から生えていた。

その金属が、後頭部から清松の頭部に潜り込み、眼と眼の間から、その鋭い先端を突き出したのであった。

清松が倒れた時には、九兵衛も、左門も、瓦礫の陰に身を隠していた。

武蔵は、伊吉を左腕に抱え、ふたりよりわずかに遅れて、瓦礫の陰に身を隠すところだった。

その武蔵の頭部に向かって、光る金属が宙を疾《はし》ってくる。

ぎいん

と、武蔵が、剣の鞘でそれをはじく。

その金属が、音をたてて床に落ちる前に、武蔵は、伊吉を抱えたまま、瓦礫の裏に身を隠していた。

「失敗したな」

瓦礫の向こうから、声が響いてきた。

「本物の急患を、ひとり造ってやろうとしたんだが、死んじまったな」

太い、男の声であった。

「清松を泳がせて、後をつけてきたかよ」

九兵衛が言った。

「九兵衛、生かしておくのは、おまえだけだ。残りの者は、皆、ここで死んでもらう」

太い声が言う。

男の声とはわかるが、どこか、金属質な響きがある。

いきなり、その声の聴こえてくる瓦礫の山が、動いた。

巨大なコンクリートのブロックのひとつが、床から浮きあがったのだ。

それが、そのまま、武蔵の方に向かって動いてくる。

「伊吉、九兵衛の方へ行け。九兵衛から離れるな。九兵衛ならば、この内部のことについては、誰よりも詳しい。九兵衛の逃げる方へ、おまえも逃げろ」

武蔵が言った。

武蔵の眼は、しかし、伊吉ではなく、迫ってくる巨大なコンクリートブロックを見ている。

そのブロックの下方の隙間から、二本の足が見えていた。

声の主は、その巨大なコンクリートブロックを抱え、武蔵の方へ動いてくるのであった。

恐るべき腕力の持ち主であった。

そのコンクリートにはばまれて、近づいてくる男に対して、攻撃ができないのだ。

武蔵の唇に、太い笑みが浮いた。

武蔵は、立ちあがり、剣を腰に差した。

素手のまま、隠れていた瓦礫の陰から出てゆく。

すぐ、武蔵の目前に、巨大な重量を持った、コンクリートブロックが迫っていた。

「ぬうっ」

武蔵が、右の肘を、そのコンクリートのブロック目がけ、おもいきりぶちあてた。

コンクリートブロックに、ぴしりと太い亀裂《きれつ》が走った。

音をたて、コンクリートブロックが床へ落ちた。

そこに、姿を現わしたのは、武蔵と同等の肉の質量を持った男であった。

黒い、カンフーズボンを穿いた男であった。

分厚い上半身には、革のベストを着ているだけである。

その革のベストの前が、大きく開いていて、ピンク色の肌が見えていた。

逞《たくま》しく盛りあがった胸の筋肉が、そのベストを、内側から大きく外側へ押しあげている。

拳で殴れば、その拳の方が、ぽんぽんとはずんで、はじかれてしまいそうであった。

その、逞しい肉体にもかかわらず、肌は、きれいなピンク色をしているのである。

ベストの胸ポケットに、さっき、清松の後頭部に刺さっていた、先を尖らせた、細い金属の棒が入っているのが見える。

二十本以上はありそうだった。

手首から肘にかけて、黒い布を巻いている――よく見れば、それは、細い、鎖で編んだサポーターのようなものであった。

頭部に、毛は一本もない。

「でかいな」

武蔵が言った。

男は、赤い舌で唇を舐め、にいっと笑った。

「おめえが、武蔵か」

「あんたは？」

「カザフってんだよ」

言いながら、男が腰を落とした。

「あんたと、向こうに隠れてる男の首を、彌勒堂に持ってゆくと、銭《ぜに》がもらえるんだよ――」

男――カザフが言った。

武蔵の太い首を眺め、

「あんたの首を、ねじ切ってやるぜ」

カザフが、唇を吊りあげる。

「腹が痛いと、清松を騙《だま》した男がいるはずだが。まさか、あんたが、そのでかいなりで、腹が痛いと言ってたんじゃないだろうな」

「おれだよ」

カザフが言った。

武蔵が笑った。

「腹の痛くなるような面《つら》じゃないな。それじゃあ、誰だって、嘘だと思うだろうよ」

「けっ」

カザフが言った時、武蔵が、いきなり腰の剣を引き抜いていた。

引き抜きざま、カザフの胴をその剣で、薙《な》いだ。


ぎちっ！

金属音がした。
カザフが、右手首で、武蔵の剣を受けたのである。
武蔵の剣は、カザフが腕に着けた、鎖のサポーターで止まっていた。
「無駄だ。セラミクロンのサポーターだぜ」
ぶん、
と、音をたてて、カザフが左腕を振ってきた。
それが、頭部にぶつかる寸前に、武蔵は後方に退がっている。

「てめえらの首に、賞金がかかってるんだ。いい銭になるってんで、金沢中の浮浪人が、てめえらを捜している」

「へえ」

武蔵が言った時、横手から、カザフに向かって宙を飛んできたものがあった。

それを、カザフが無造作に右手ではじいた。

湿った音がした。

宙を飛んできたものが、カザフの右手ではじかれ、破れて中に入っていた液体が、カザフの上に注いだ。

「ぬう!?」

カザフが呻いた。

その液体から、ガソリンの匂いが届いてきた。

「どいてろ、武蔵――」

左門の声が聴こえてくる前に、それが、どういう意図を持った攻撃であるのか、武蔵は理解していた。

武蔵が、後方へ跳んだ時、さらに、宙を疾ってくるものがあった。

それは、炎であった。

ぼっ、

と、音をたてて、カザフの全身が炎に包まれた。

「おがかっ」

カザフが、叫んだ。

炎の中で、身をよじっている。

「その男だけじゃない。まだ、何人かいるぜ——」

左門の声が響く。

その声が終わらぬうちに、四人の男が、さっき、カザフが出てきた瓦礫《がれき》の陰から姿を現わした。

鋼鉄の鎧《よろい》に身を包んでいる男。

ほとんど上半身裸に近い男。

ぼろぼろのスーツを着て、奇妙な形のカバンを下げた黒縁眼鏡の男。

もうひとりは、人間ではなかった。

獣の下半身をしていた。

胴が、そっくりそのまま、牛のそれであった。ホルスタインである。

本来であれば、牛の首の生えるべき場所から、人の上半身が生えているのである。

その上半身には、人の皮で造ったらしいベストを着ていた。

異形《いぎょう》の生きものであった。

スーツ姿の貧相な男だけが、武器らしいものを手にしていない。持っているのは、右手に下げたカバンだけである。

他の男たちは、手にそれぞれ形状の違う剣を握っていた。

「カザフ、てめえはそれで抜けな。後はおれたちがやる」

鋼鉄の鎧《よろい》に身を包みこんだのが言った。

「うるせえ、おれが先だ」

カザフが叫んだ。

炎の中で、カザフがかっと眼を開いた。

炎を上半身にまといつけたまま、カザフが武蔵に向かって走ってきた。

とんでもない不死身性を有している男であった。

「逃げるぞ」

左門の声が響き、天井の電球が、ふいに音をたてて割れた。

左門が、礫《つぶて》を飛ばしてそれを割ったのだ。

闇が、その部屋を包んだ。

カザフの上半身の炎が、唯一の灯りとなった。

その炎も、すでに火力が衰えかけている。

カザフが武蔵に抱きつこうと迫った時、武蔵は、さらに後方へ跳んで、伊吉が姿を消した瓦礫の陰に回り込んでいた。

「待て——」

カザフが追う。

「今度、ゆっくり遊んでやるよ」

武蔵は言った。

その声がカザフに届いた時には、カザフの眼の前から、武蔵は姿を消していた。

四

狭い、コンクリートに囲まれた通路であった。

積み重なったコンクリートとコンクリートの間を歩いている。

先頭が、九兵衛である。

次が、伊吉、次が左門——最後が武蔵であった。

小さなハンドライトを、先頭の九兵衛が持っている。

それで、足元を照らしながら、九兵衛が進んでゆくのである。

「やつら、浮浪人の、賞金稼ぎだぜ」

左門が言った。

「彌勒堂が、ぬしらを、賞金首にしたのよ」

九兵衛が言う。

「いくらか、値段を訊いておくんだったたな――」

身をかがめて、頭上に被《かぶ》さったコンクリートをくぐりながら、武蔵が言った。

他の人間が、すんなり通り抜けられる場所でも、武蔵はそうはいかない。

かつては、地下街であった場所である。

床には、ガラスの欠片《かけら》や、歪んだシャッターなどが転がっている。

使えそうなものは、ほとんどない。

〝掘り屋〟が、この迷路のような瓦礫の中に入り込んで、売れそうなもの、使えそうなものは全部持ち去ってしまっているのである。

九兵衛が、足を止めた。

横手の床を、ライトで照らした。

その小さな灯りの中に、半分ミイラ化した人の屍体が浮きあがった。

髪が、額にへばりついている。

下着だけの姿だった。

靴も履いていない。

「掘り屋か、ここに迷い込んだ人間だよ」

九兵衛がつぶやいた。

「服や靴は、誰かが、この屍体から剝《は》ぎ取って行ったんだろうな」

左門が、低い声で言った。

「これを見よ」

九兵衛のライトが、屍体の腹部を照らし出した。

そこに、穴が開いていた。

乾いた樹のうろのようになっている。

「内臓がないな」

言ったのは、武蔵である。

「歯型があるぜ」

左門が、腹と、太股《ふともも》を指差した。

そこに、はっきりそれとわかるような牙の跡が残っていた。

獣が、そこの肉を嚙み取っていった跡であった。

「内臓を、誰かが喰っていったんだろうぜ」

武蔵が言った。

「誰かと言っても、人か獣かはわからんぞ」

言って、九兵衛が低く笑い、

「それにしても、奇跡のように、肉が喰われずに残っていたものよ。ここで死んだら、いずれは、骨と髪の毛だけにされちまうよ」

そうつけ加えた。

「いろいろな獣がいるようだな」

左門が言う。

「気をつけることだな。こうなりたくなければ、わしから離れぬことよ……」

九兵衛が、また歩き出した。

三人がその後に続く。

「どこへ向かっている？」

武蔵が、後方から、九兵衛に声をかける。

「ぬしらに、特別に見せてやるわい」

「何をだ」

武蔵が訊くと、九兵衛が、喉の奥で笑った。

「この丹術士《たんじゅつし》九兵衛の仕事場をな」

「ほう……」

「ぬしらが、城へゆくのなら、色々と頼みたいことがあってな。それで、仕事場を見せておこうと思うたまで——」

九兵衛は、淡々と歩いてゆく。

黴《かび》臭い闇が、四人の周囲を濃密に包んでいる。

行く手を、壁のように塞いでいる、崩れた瓦礫を回った。

そのあたりから、闇の中に奇妙な臭いが漂い始めた。

獣の臭いである。

その獣臭が、だんだんと濃くなってゆく。

「ふふん」

武蔵が、小さく唇を吊りあげた。

前方右手の闇の奥に、ひとつ、ふたつ——緑色の鬼火のように、燐光《りんこう》を放って光る点が見えていた。

獣の瞳である。

それが、みっつ、よっつと数を増してゆく。

「おるわおるわ……」

九兵衛がつぶやいた。

そのうちに、その獣の瞳がおびただしい数になった。

「今日は、賞金稼ぎどもに追われて、いつもと違う道を使うたでな、ここらで、ひと仕事してもらわねばならぬ」

九兵衛が言った。

「武蔵、左門、頼むぞ――」

九兵衛がそう言い終わらぬうちに、左右から、その獣の瞳が襲ってきた。

武蔵が、剣を抜いて、その獣の瞳と瞳の中心を、ざっくりと左右に断ち割った。

左門の方は、その獣の首を落としたらしい。

九兵衛が、灯りを向ける。

そこに、巨大な、犬ほどの大きさの鼠が倒れて死んでいた。

「急げ――」

九兵衛が速足《はやあし》になる。

伊吉が、その後に続き、左門と、抜刀したままの武蔵がさらにその後に続いた。

後方に、無数の獣がひしめきあう気配があった。

戛々《かつかつ》と、獣の歯が、血肉を貪《むさぼ》る音が後方から届いてくる。武蔵と左門が倒したばかりの鼠を、仲間の鼠が啖《くら》っているのである。

「二頭の鼠が喰い尽くされぬうちには、着くであろうよ――」

九兵衛が言った。

五

小さく、闇の中にスイッチの入る音がして、灯りが点いた。

天井から、裸電球が下がっていた。

直接その光を見なくとも、闇に慣れた眼には眩《まぶ》しかった。

そこは、天井も、壁も、床も、斜めに傾《かし》いではいない。

太い亀裂があちこちに走ってはいるが、きちんとした、四角く囲われた部屋であった。

がらんとした、小さな、何もない部屋であった。

ここへ来るまでに、複雑なコースを歩いている。

何度かは、道を塞いでいる瓦礫をどけ、そこを通り抜けた後で、また、その瓦礫をもとにもどすということもやっている。この香林坊の地下街の最奥ともいうべき場所であった。

「ここかい、その仕事場ってのは？」

左門が訊いた。

「まだだ」

九兵衛の背後には、今、くぐってきたばかりのドアが閉まっている。

九兵衛の正面の壁に、もうひとつのドアがあった。

重い、鋼鉄のドアであった。
九兵衛が、ポケットから鍵を取り出した。
小さく金属音がした。
軋《きし》み音をたてて、ドアが押し開かれた。
黒々とした闇が、そこに口を開けていた。
土の臭いが、その闇の中に漂っていた。
部屋の灯りに照らされて、そこに階段があった。
「ゆくぞ……」
九兵衛が、その闇の底に降りてゆく。
最後の武蔵がドアを閉めると、闇がさらに濃くなった。
ぽっ、
と、頭上に小さな灯りが点った。
点々と、天井を、前方の下方へ向かって裸電球の灯りが点いているのが見える。
コンクリートの階段であった。
降りてゆくと、さらに土の臭いが濃くなった。
知らぬ間に、天井が低くなり、コンクリートの階段が、土のそれに変わっている。
闇の中に、低い、何かの音が響いている。

微かな音だ。

何かの機械が、闇の中で作動している音らしい。

深く降りた。

どれだけ下ったのか、土の階段が終わって、床が平らになった。

武蔵が、頭をかがめねばならないほど、天井は低くなり、左右の土の壁がせばまっている。

「ここよ」

九兵衛が、そう言って立ち止まった。

木製の引き戸が、九兵衛の前にあった。

それを右に引くと、引き戸は右手の土の壁の中に造られた溝の中に入り込んだ。

入ったそこは、闇の中であった。

低い機械音が、闇の中に満ちていた。

闇に、点々と、小さな灯りが点いている。

獣の瞳ではない。

人工の灯りだ。

赤い光の点、緑色の光の点——

ふいに、灯りが点いた。

「むう……」

灯りに照らされたその部屋の光景を見て、武蔵が、獣に似た低い唸り声をあげた。

「こいつは……」

左門は、唇を開きかけ、そのまま絶句した。

「ひっ」

と、伊吉は、腰を引いて、今、閉まったばかりの引き戸の方にもどろうとした。

「ここが、わしの仕事場さ」

九兵衛が言った。

広い、部屋であった。

壁のほとんどが、床から天井まで、びっしりと本で埋まっていた。

十万冊か、それ以上の本がそこにある。

しかし、武蔵や左門が息を飲んだのは、その本を見たからではない。

部屋の中央に立ち並ぶものを見たからであった。

部屋の中央に立ち並んでいるもの――

それは、ガラスの円筒であった。

床と接している部分は、ガラスではなく、腰近くの高さまでの金属であった。正確には、ガラスの円筒は、その上に立っているのである。

八十本か、百本くらいはあるであろうか。

それが、眼の前から、部屋の奥に向かって並んでいるのである。

しかも、その円筒は、奥にゆくに従って太くなり、高くなっている。

一番手前の円筒は、人の顔ぐらいの高さであったが、奥の方の円筒は、天井の高さにまで及び、人が充分その中に入れるくらいの太さになっている。

そのガラスの内部は、薄い、黄色の液体で満たされていた。

その円筒の液体の中に、ひとつずつ、奇怪なものが浮いていた。

最初は、得体の知れない形状をした、幼児の握り拳くらいの大きさのピンク色の肉塊であった。

その次も、同じような肉塊であり、その次も、同じような肉塊が続いている。

しかし、よく見ると、円筒の太さに合わせ、その肉塊が大きくなり、しかも、少しずつその形状が変化しているのである。

二本目の肉塊には、触手のようなものが生え、三本目の肉塊は二本目のものよりその触手が長くなり、何本目かの肉塊には明らかに、眼のようなものがあった。

歩きながら、それを眼で追ってゆくと、その肉塊に、鱗《うろこ》や、鰓《えら》のようなものが出現し、魚に似た形のものになってゆく。

「どうかね、左門くん。きみが城で手に入れたがっているものと、同じくらいの価値あるものが、ここにはあるのだよ……」

九兵衛がつぶやいた。

武蔵と、左門は、息を飲んで、その円筒の内部を見つめていた。

さらに先の円筒を追ってゆくと、魚に似たものに、明らかに手や足の原形とおぼしきものが出現していた。

しかも、それは、動き、生きていた。

「何だと思うね、それを――」

九兵衛が言った。

武蔵も、左門も、声を発しない。

「きみたちが見ているのは、進化だ。きみたちは、眼の前に、今、進化を見ているのだよ――」

第五章　幻夜斎《げんやさい》

一

黄金の、部屋であった。
やはり、黄金の座蒲団の上に、漆黒《しっこく》の和服を着た皇王が座している。
静謐《せいひつ》な、冷たい気を身にまとわりつかせたような男であった。
正座しているその背が、真っ直ぐに伸びている。
その前の黄金の畳の上に、銀髪の男が座している。
瞳は、黒ではなく、赤い。
瞳の向こう側の、血の色がそのまま透けて見えているのである。
アルビノであった。
生まれつき、色素が欠落しているのである。

部屋の灯りは、灯明皿の灯りがひとつだけである。

その炎のひとつが、周囲の黄金に映り、反射して、それらがさらに映り合い、部屋全体に、数百、数千の炎が揺れているように見える。

暗い部屋に、黄金の光が濃密に充満していた。

空気までが、その黄金の色に染まってしまっているようであった。

飛丸もまた正座をしている。

飛丸は、右肘から先が無い。

そこに包帯を巻いているのだが、その包帯に血が滲《にじ》んでいる。

「さて——」

静かな口調で、皇王が言った。

「何故、おまえが、壬生幻夜斎を知っているのか、そのあたりから聴かせてもらいましょうか——」

皇王が言うと、飛丸が、頭を下げた。

「まことに勝手ながら、そのお話の前に、ひとつだけ、我儘《わがまま》をお許し頂きたいのですが」

「何でしょう」

「壬生幻夜斎どののことについては、たとえ、皇王さまにでも、申しあげられることと申しあげられないことがございます」

「その、申しあげられないことについては、わたしは口をつぐまねばなりません。そのお許しをいただきたいのです」

「ほう」

「たとえば、それは、どのようなことなのですか?」

「それも、申しあげられません」

「ほう」

「皇王さまのご質問が、その申しあげられないところにおよびましたならば、わたしは、失礼ながら、そのように申しあげます」

丁寧な口調ではあったが、きっぱりとしたものが、その中にはあった。

「かまいません」

優しすぎるほど静かな声で、皇王が言った。

「では、先ほどの質問ですが、それはどうなのですか」

「そのことについては、申しあげられます」

「では、言いなさい」

皇王が言った。

「そのためには、わが微塵流《みじんりゅう》についてから、お話し申しあげねばなりません」

「はい」

「わが流派微塵流は、異変の時より二十一年後に、九州の鹿児島におこった流派で、始祖の名は、赤石浩三郎《あかしこうざぶろう》と申します」

「承知していますよ、それはね」

「では、わが微塵流と、この長い間対立関係にあった流派をご存知でしょうか――」

「それが水桜《すいおう》流のことなら、知っていますよ」

「その水桜流と、わが微塵流とは、八十年近く、鹿児島藩のお抱え流派として対立しながらやってきたのですが、ちょうど、十二年前、お抱えの二流派を、一流派に統一するということが、藩の方針で決められたのです」

「ほう」

「長い間、敵対関係にあった、熊本と博多《はかた》が同盟を結んで、九州の制圧にかかろうとしたのが、その頃です。その煽《あお》りで、そういうことが決められたのです」

「煽り？」

「つまり、鹿児島としては、内部の武力を強化したかったのですが、水桜流と微塵流とが対立し合って、なかなか、意志の統一がはかれなかったのです。鹿児島全体までが、しまいにはふたつに分かれかねない対立に発展しそうでした。自分の意見が通らぬ時は、熊本、博多と通じあって、敵に寝返るのではないかと互いに相手のことを考えていました」

「愚かな……」

「当時の鹿児島に、内部をおさめるという、それだけの力もなかったということでございます」

「それで、どちらか一流派を残すと？」

「はい。互いに一名を、流派の代表としてたて、試合をし、勝った方の流派を、藩のお抱え流派として残すと――」

「愚かの上に、愚かを重ねるやり方ですね」

「しかし、それを、微塵流も水桜流も呑んだのです」

「むしろ、微塵流と水桜流が、それを望んだのではありませんか」

「その通りです」

「それで？」

「微塵流は、最高師範である赤石丈太郎《じょうたろう》、水桜流は、やはり最高師範である戸田有情《とだうじょう》が出場することに決まりました」

「ふむ」

「試合は、必ず勝たねばなりません。赤石丈太郎も、戸田有情も、腕はほぼ互角――仮に試合前に、どちらかが怪我でもすることになれば、その差がそのまま負けにつながることになります――」

「なるほど……」

囁くようにつぶやいて、皇王が微笑した。

「戸田有情を、闇討ちして、身体の一部にしろ、刀傷をつけることができれば、まず、微塵流の勝利は動くまいと考えたのです――」

「闇討ちしたのですね」

「はい、しかし、たとえ、それがどれほどあからさまであろうと、微塵流の人間が、それをするわけにはいきません。それをするのは、微塵流の人間でない者――しかも、腕のたつ人間でなければなりません。それも、できることなら、鹿児島の人間でないことが望ましいのです。そういう人間がいないかと捜そうとしたのですが、いるわけはありません。人数をたよりに、浮浪人を雇ってと考えていたのですが――」

「どうしました？」

「それが、いたのです」

「いた？」

「それが、壬生幻夜斎だったのです」

「むう――」

皇王が、低い、溜息《ためいき》に似た声を洩らした。

二

その男は、五十歳前後に見えたという。
鱗馬《りんま》に曳《ひ》かせた馬車に乗って、その男は、赤石丈太郎の屋敷の前に現われた。
午後である。
陽光に、鱗馬の首の鱗が、七色に光っていた。
真夏である。
屋根つきの、二人乗りの馬車であった。
馬車は漆塗《うるし》りで、漆黒であった。
しかも、その表面には、無数の螺鈿の模様が埋め込まれていた。
馬車を曳いている馬は、一頭であった。
手綱もなければ、御者《ぎょしゃ》もいなかったという。
それなのに、馬は静かに歩いてくると、赤石丈太郎の屋敷の前に停まった。
その馬車から、その男が、たったひとりで降り立ったのである。
鋼鉄の門の前である。
塀の上からは、常に、ビデオカメラが来訪者を捕えている。

後にわかったことだが、その男が、馬車から降りる寸前から、ビデオカメラは、その機能を停止していたという。

動いてはいたが、映像を記録していなかったのである。

その男が、馬車から降り立つのを見たのは、門の前にいた、ふたりの道場生である。

すでに、試合を三日後にひかえている時期であった。

その男は、真夏だというのに、黒いビロードのスーツに、全身を包み、なおその上からマントを付けていた。

黒いビロードのズボン。

黒い革靴。

両手には、黒い革手袋をはめている。

その男が身につけている何もかもが、漆黒であった。

頭には、深々と、黒いシルクハットを被っていた。

髪が、肩まで届いている。

ふたりの道場生は、その異様な男を、緊張した眼で見つめた。

男は、右手に、黒いステッキを持ち、それを突きながら歩いてくると、ふたりの前に立った。

「赤石丈太郎に会わせてもらえるかね」

その男は言った。

その時、わずかに、男の顔が持ちあがった。

それで、初めて、ふたりの男は、その男の眼を見ることができたのである。

黄色い眼をした男であった。

眼光が鋭い。

針のような眼をしていた。

尖った鼻の下に、口髭《くちひげ》をはやしている。

「どなたですか？」

道場生が訊いた。

「壬生《みぶ》という者だ」

男が答えた。

顔に、わずかの汗もかいていない。

「先生のお知り合いか？」

「いや、会ったことはない」

ぼそりと、低い声で男が言う。

「約束は？」

「ない」

男は、小さく首を振り、

「いきなりの訪問だ」

そう言った。

「先生は、今お忙しい」

「約束もない者に会ってはいられない」

ふたりの道場生は言った。

「しかし、わたしは会いたいのだ」

男は、淡々と、低い声で言う。

「今、取り込み中だ。帰っていただいて、また出なおしていただこうか」

「あなたが来たことは、先生にお伝えしておく」

ふたりが言う。

「門を開けて、わたしを中へ入れてもらえないかね」

男が言った。

「くどい」

ふたりの中に、殺気が満ちた。

ふたりとも、道場で着る、稽古着《けいこぎ》を着、腰には、真剣を差している。

気の長い人間たちではない。

ただでさえ、試合を控えて、ぴりぴりとしている。

「いいかね、わたしは、入るだけなら、いつでも、この門から入ってゆけるのだよ。それをこうして、きみたちに頼んでいるのは、それが、人の礼だからだ。きみたちが、赤石丈太郎に取りつぎもしないというのなら――」

男は言葉を切った。

「腕ずくでというか」

道場生が言うと、男は首を振った。

「戸田有情の方へ出かけてもいいのだよ」

男は、そう言った。

「なに!?」

「戸田有情を闇討ちする人間を捜しているのだろう?」

男の言葉に、ふたりの道場生は、顔色を変えて、剣に手をかけた。

「無礼な!」

「そんな人間は捜してはおらん!」

道場生は言った。

ふたりの道場生は、嘘をついた。

はっきり、上部から、そう言われたわけではない。

しかし、道場の上部に、そういう動きがあることは、すでに気づいている。戸田有情を、闇討ちする計画が、上部で進められていて、しかし、そのための人材がまだ得られてないらしいということまで、知っているのだ。

しかし——

男に、いきなりそうだろうと言われて、そうだとは言えない。

男は、つくづくと、ふたりの男を見つめ、

「考えがかわった」

ぼそりと言った。

「なに!?」

「このまま、戸田有情の所へ出向いてもいいのだが、そこでも、戸田有情に会うまでに、きみたちのようなやつと話をつけねばならないのなら、今、ここで話をつける方が、手間がかからずにすむと思ったのだ」

「きさま！」

ふたりの道場生は、半分、剣を抜きかけている。

「きみたちのせんせいも忙しいのかもしれないが、わたしも忙しいのだ。通らせてもらうよ」

言って、男は、無造作に足を踏み出した。

「ちいっ」

「くおっ」

ふたりの道場生が、いきなり抜刀した。

最初に、男に斬りかかろうとした道場生が、ふいに、その場に倒れた。

刀を振りかぶった瞬間に、すっと、男のステッキが持ちあがって、その先が、道場生の眼と眼の間を軽く突いたのだ。

こつん、

と、音がして、二センチほど、ステッキの先が、道場生の眼と眼の間に潜り込んでいた。

ステッキが抜かれて地にもどるのと、道場生が倒れるのと同時であった。

もうひとりの道場生は、刀を振りあげたまま、動かない。

いや、動けないのだ。

男の眼が、道場生を睨んでいる。

それだけで、道場生は金縛りにあったようになってしまっている。

男は、最初から、倒れた道場生を見ていなかった。

ステッキはその道場生へ、視線は、最初から、今、動けずに刀を振りあげている男の方へ向けられていた。

道場生の額に、ふつふつと、大量の汗がふき出し始めていた。

若い道場生の鼻から、つうっと赤いものが滑り出てきた。

血であった。

その血が、たちまち太くなり、道場生の顎から地に滴《したた》った。

「もう少しで、きみの脳は潰れてしまうよ。わたしがそれをしないのは、きみにこの扉を開けてもらいたいからだ」

幻夜斎が言った。

「開けなさい」

道場生は、構えていた刀を地に落としていた。

今にも、腰が萎《な》えてしまいそうであった。

「開けなさい」

幻夜斎が、優しい声で言った。

道場生は、扉に歩み寄り、やっと扉を押し開いた。

「では、通してもらうよ」

幻夜斎は、ステッキを突いて、悠々と歩き出した。

扉から、小さな玉砂利を敷きつめた道が、屋敷の玄関へと続いている。

いくらも歩かぬうちに、玄関から、抜き身の剣を手にした男たちが出て来た。

全部で五人。

「何者か?」

最初に、幻夜斎の前に立った男が言った。

「壬生幻夜斎という者だ。赤石丈太郎先生に取りついでもらいたい」

「なに!?」

「赤石先生が悩んでおられることを、わたしが解決してやろうというのだよ」

「先生は、今、誰にも会われぬ」

「わたしには、会っておいた方がいい」

いったんは立ち止まっていた幻夜斎は、そう言って、無造作に足を前に踏み出した。

一歩――

二歩――

その瞬間に、先頭の男が、剣を振りかぶって、幻夜斎に斬りかかろうとした。

「やめよ、藤木《ふじき》――」

その時、声がした。

五人の男たちの後方からその声は響いた。

玄関に、和服を着た、髪の長い男が立っていた。

頬が深くえぐれた、痩せた男であった。

犬に似た面構えの男だ。

眼つきが鋭い。

四十歳前後と見える。

その男が、幻夜斎に斬りかかろうとした男、藤木に声をかけたのであった。

藤木は、剣を打ち下ろす寸前で、それを止めていた。

「先生――」

藤木が、後方を振り返って言った。

「やめておけ、おまえのかなう相手ではない」

その男が言った。

「あなたが、赤石丈太郎さんかね」

幻夜斎は、眼の前の五人の男を無視して言った。

「そうだが、あんたは？」

「壬生幻夜斎という者だ」

「壬生幻夜斎？」

「あんたにとって、いい話を持ってきたのだ」

「ほう」

「人を捜しているのだろう?」

「人を?」

「水桜流の戸田有情を闇討ちする人間をだよ――」

「闇討ち? 何故、我々が、戸田有情を闇討ちせねばならないのですかな?」

幻夜斎が、小さく笑った。

「三日後に試合があるんだろう?」

「はて、三日後の試合と闇討ちとどのような関係があると――」

「もし、試合前に、戸田有情が怪我をするか負けるかすれば、微塵流が水桜流に勝てるのではないかな」

「それはそうですな。もし、戸田有情が怪我をすれば、試合は微塵流の勝利ということになりましょうな。仮に、戸田有情のかわりに、別の者の出場ということになっても、まず、微塵流の勝利は動きますまい。しかし、闇討ちとは、穏やかではありませんな」

「穏やかでない?」

「さよう」

「では、何が、穏やかということになるのかな」

「そうですな。たとえばの話でよければ」

「うかがおうか」

「たとえば、戸田有情が外出中に、微塵流と縁もゆかりもない者と争いになり、怪我をする――」

「ほほう――」

「そういうことがあるとするなら、それは、こちらの望むところということでしょうな。穏やかな話というのは、そういうことですな」

赤石丈太郎が、唇を吊りあげて微笑した。

「なるほど、では、その穏やかな話について、もう少し詳しくうかがいたいのだが、お時間はおありかな？」

幻夜斎が訊いた。

その時には、さらに、十人以上の人間が、赤石丈太郎の周囲に集まっていた。

しかし、それを見ても、幻夜斎は、眉ひとつ動かさない。

「多少の時間なれば――」

赤石丈太郎は言った。

三

幻夜斎が通されたのは、道場であった。

広い道場であった。

床は、木の板である。

壁も、天井も木である。

天井は、高い。

七メートルはある。

そこに、太い梁《はり》が走っている。

道場の奥に、神棚があり、その神棚の下が畳敷きになっている。

そこに、赤石丈太郎が座していた。

絹の座蒲団の上である。

赤石丈太郎と向きあうかたちに、幻夜斎が立っている。

靴を脱いでいる。

しかし、素足ではなく、靴下を穿いていた。

靴下の底には、滑り止めがあるらしく、廊下を歩き、道場のその場所に立つまで、歩き方は自然であった。

幻夜斎の左右に、三人ずつ男たちが座っている。

道場生の男たちだ。

いずれも、並みならぬ気を、その肉体に秘めていた。

気を押えているらしいが、それでも、その肉の裡《うち》に溜まった気が、空気の中に滲み出てきている。

さっき、門で幻夜斎の相手をした男たちとは、実力において数段の開きがある。

左右にいる六人の男のいずれもが、もし、幻夜斎がおかしな素振《そぶ》りを見せれば、たちどころに幻夜斎に打ちかかってくるだろう。

いつでも、そうできるように、気力を裡にたわめているのがわかる。

いずれも、板の上に、直接正座をし、座した左側の床の上に剣を置いている。

木刀ではない。

真剣であった。

幻夜斎は、そこに突っ立って、ステッキを床に突き、その上に両手を乗せて、静かに赤石丈太郎を見ていた。

「で、戸田有情が怪我をしたとして、その時にぬしが望むものは何かな?」

赤石丈太郎が言った。

「たいしたものではない」

「金か?」

赤石が訊くと、幻夜斎が静かに、首を左右に振った。

「では、鹿児島に仕えるのが望みか?」

また、幻夜斎が首を左右に振った。

「何だ？」

「望みはひとつ。城の中を見せてもらいたい」

「ほう……」

「できるか」

「できるとも言えるし、できぬとも言える」

「それは、どういう意味かな」

「城の中を見せることは、たやすい。しかし、問題は、何故、あんたが城の中を見たがっているかということだ。あんたが熊本の間者《かんじゃ》でないという保証はない。城の構造がわかれば、城攻めもやり易くなる」

「城の全部を見せよと言うているわけではない。城の中心へ、立たせてもらえば、それでよい」

「ほう？」

「望みはそれだけよ」

「不思議なことを言う。何のためにだ？」

「ぬしらには、関係のない事情でな」

「立てばよいのか」

「ああ。それが恐ろしくば、眼隠しをしてわたしをそこまで連れてゆけばよい」

「眼隠しとな」

「それに、人が歩いてそれとわかる程度の図面は、すでに、熊本、博多も持っているであろうさ。今さら、それを知られたとて、何ほどのこともあるまい」

「うむ」

「いやなら、戸田有情のもとへゆくまで――」

「むこうへ？」

「今ここで、きみに、怪我をしてもらってもよいのだということさ」

幻夜斎が言った途端に、強い気が、男たちの間に張りつめた。

「ぬ!?」

すでに、剣を手にして、片膝を立てた者もいる。

しかし、幻夜斎は、視線すら、そちらに向けて放たない。

ただ、立って赤石丈太郎を見ている。

「ふふん」

小さく笑った。

「誰の剣が、わたしに届くのよりも先に、わたしのステッキが、きみの喉に届くだろうよ」

幻夜斎は言った。

「たいした自信だな」

座したまま、赤石丈太郎が言う。

「なんなら、試してみるかね」

幻夜斎が、すっと眼を細めた。

その視線を、赤石が、受けた。

「あんたが、できるのはわかった。しかし、問題は、どこまでできるかだ」

赤石が、幻夜斎に言った。

幻夜斎を見つめ、

「それを、試させてもらって良いかな」

「もっともだな」

幻夜斎は、細めた眼をもとにもどし、

「相手は誰かね」

初めて、周囲の男たちに視線を注いだ。

「川崎《かわさき》」

赤石丈太郎が言った。

「はい」

右側の、一番、赤石よりにいた男が、頭を下げた。

片膝を立てて、剣を握っていた男である。

その男——川崎が立ちあがっていた。

「勝負は、真剣で良いかね」

赤石が訊いた。

「わたしはかまわんよ。何でもね」

幻夜斎が言った。

「死ぬかもしれぬぞ」

「かわりに相手も死ぬだろうよ」

その時には、幻夜斎に視線を向けながら、川崎は、道場の中央に向かって動いてゆく。

それを幻夜斎が、視線で追ってゆく。

川崎が立ち止まった。

幻夜斎が、ゆっくりと川崎に向きなおった。

「いつでも来なさい」

静かに幻夜斎がいった。

「おう」

と、答えて川崎が剣を引き抜いた。

本身《ほんみ》の真剣であった。
さすがに、強い。
構えに隙がない。
剣の切っ先まで、気合いがこもっているのがわかる。
「来なさい」
幻夜斎が言った。
軽く、一歩を踏み出しかけ、その動きを、川崎が止める。
「来ないのなら、わたしからゆこうか？」
幻夜斎が、浅く、一歩を踏み出すと、川崎が、大きく後方に退がった。
「ほう、きみ、多少はわかるのかね」
幻夜斎が言った。
感心した声であった。
川崎の額に、小さな汗の玉が、無数に浮いていた。
その汗の粒が、急速に大きさを増してゆく。
つうう、と、川崎のふたつの鼻の穴から、血が滑り出てきた。
みるみる血の量が多くなり、川崎の顎から、床に血が垂れた。
さきほどと同じであった。

「なかなかのものだ。しかし、きみの負けだ。あきらめて、まいったと言えば、きみは死なずにすむ」

しかし、川崎は、構えた剣を下ろさなかった。

「つ、つ……」

口の中で、声をあげようとしている。

「うおおおおっ！」

大きく足を踏み込んで、幻夜斎の脳天めがけて、剣を打ち下ろしてきた。

しかし、スピードがない。

ゆっくりと、剣が降りてくる。

その刃が、幻夜斎の帽子にも触れないうちに、鼻の血が太くなり、どろどろとしたものを、その鼻から噴き出させた。

とろけた脳味噌であった。

川崎の眼球が、白く裏返っていた。

耳からも血が流れ出ていた。

川崎は、前のめりに床に倒れ、そのまま動かなかった。

「飛丸」

と、赤石が言った。

「はい」

と、声がした。

幻夜斎が、ゆっくりと後方を振り向いた。

左の列に座していた道場生のひとりが立ちあがっていた。

二十五歳くらいの青年である。

髪が、銀色をしていた。

肌の色が、抜けるように白い。

幻夜斎を眺める瞳が赤かった。

「次は、おまえが相手をしなさい」

赤石が言うと、その銀髪赤眼の男——飛丸が無言で前に出てきた。

すでに、抜き身の真剣を左手に握っている。

しかし、切っ先を幻夜斎に向けてはいない。

切っ先を後方へ向けて、剣を右脇に構えている。

微塵流の構えだ。

剣の長さを相手に見せぬようにし、間合いを狂わせ、勝負に出る時に、いっきに突いて出る。

それが、微塵流の基本である。

飛丸は、足を止めなかった。幻夜斎の周囲を、鳥のようなリズムで動き始めた。

つうっ、
と、飛丸の左の鼻の穴から、血が滑り出てきた。

その瞬間に、飛丸は、幻夜斎に向かって疾《はし》っていた。

「しゃっ」

白い金属光が、空気を裂いていた。

飛丸の突きが、幻夜斎の喉を突いたと見えた。

が——

突いてはいなかった。

飛丸の剣の切っ先は、幻夜斎の喉の皮膚に触れるか触れぬかという場所で止まっていた。

正確には、剣が、幻夜斎の喉を貫く寸前で止まったのではない。幻夜斎が、突いてくる剣と同じ速度で後方へ退がったのである。

そして、その剣先が伸び切った場所で、後方へ退がるのを止めたのである。

「ほう……」

刃先を、喉にあてたまま、幻夜斎はつぶやいた。

「なかなかに鋭い」

笑った。

「ぬう」

飛丸が、踏み込んで突く。

また幻夜斎が後方に退がる。

飛丸は、今度は剣を引いた。

しかし、引くのと同じ速度で幻夜斎が前に出る。

幻夜斎が前に出ると見えた瞬間に、飛丸が引いていた剣をおもいきり前へ突き出した。

それでも、剣先と幻夜斎との距離に変化はない。

「むう」

剣を握ったまま、飛丸が歯を噛んだ。

剣を引きすぎれば、幻夜斎が前に出てくるのはわかっている。

間合いが近くなれば、幻夜斎が手にしているステッキで、脳天を砕かれる。

かといって、剣を横に払えば、自分の身体の前ががら空《あ》きになる。そこを踏み込まれて、
打ち込まれると、脳天を砕かれて死ぬ。

それが、わかる。

鼻の穴からは血が、全身からは汗が噴き出していた。

「どうしたのかね。剣をのけないつもりかね」

幻夜斎が、涼しい声で言った。

「わたしが、思念を集中する前に攻撃をかけると決めたは、よかったが、相手を倒せぬ攻撃は攻撃ではない――」

幻夜斎が言った時、飛丸は、手から剣を放していた。

音をたてて、剣が床に落ちた。

「まいりました」

震える声で言った。

膝を落としていた。

両手を床に突いた。

「まいりました」

もう一度言って、飛丸は、額を床に擦《す》りつけた。

やっと、声になっている。

飛丸の身体が小刻みに震えていた。

「おまえは、賢明な男だ――」

幻夜斎が言った。

言った途端に、土下座をしていた飛丸の身体が、道場の床の上にくずおれた。

そのまま、飛丸は意識を失っていた。

飛丸の、耳からも血が流れ出ていた。

「いかがかな」

黒いビロードのコートを着たまま、幻夜斎が、赤石を見た。

赤石は、声もない。

「相手が誰であろうと、結果はこうなる。その相手が、たとえ、戸田有情であろうとな――」

「信じられぬ……」

赤石丈太郎は、倒れている飛丸を見つめ、それから、幻夜斎を見た。

「……どのような技《わざ》を使ったのだ?」

問われて、幻夜斎は、薄く笑っただけであった。

四

――深夜。

新月の晩であった。

天を、みっしりと暗雲がおおっている。

ひとつの星も見えない。

その下に、道がある。

土の道だ。

その道の一方の脇は、深い堀になっていた。

道の端から、石垣が五メートルほど下まで組んである。その五メートル下が、水面だ。

二〇一二年におこった異変より後に造られた、鹿児島城の外堀である。

堀の縁には、柳が植えられている。

その柳の何本おきかに、街灯が建っているのである。

堀の暗い水面に、街灯の灯りが映っていた。

魚が堀にいて、それが時おり跳ねるのか、重い水音がする。

風は、ほとんどない。

垂れた柳の枝が、わずかに揺れるばかりである。

むし暑い夏の夜である。

いつ、なまあたたかい雨が降り出してもおかしくない。

道の、一方の端は、広い公園になっており、その中にも、ぽつん、ぽつんと街灯の灯りが見えていた。

堀の縁に植えられている柳に混じって、ひときわ大きな楠《くすのき》があった。

植えられたものではなく、もともとそこに生えていたものらしい。

蛙と、虫の音が、周囲の闇に満ちていた。

と──

小さく、闇の中に、エンジン音が響いた。

遠くに、ふたつの灯りが見えた。

その楠のある場所に向かって、エンジン音とその灯りが近づいてくる。

ヘッド・ライトであった。

丹力車《たんりきしゃ》であった。

丹力車が、堀を左に見るかたちで走ってくるのである。

運転席と、客室とが分かれているタイプのものであった。

運転席のある導引車《どういんしゃ》に、エンジンがついている。

導引車は、ひとり乗りで、三輪である。

円形のハンドルで、前の一輪を操作して、方向を変える。

フロントガラスは前に倒されて、直接、夜風が運転手の顔にあたっている。

運転席には、屋根がついている。

導引車の四隅から、支柱が一本ずつ伸びて、その支柱で屋根が支えられているのである。

その支柱と屋根の他は、運転席を囲うものはない。

その導引車の後ろに接続されるかたちで、客車がある。

四輪の客車だ。

前の二輪が小さく、後方の二輪が大きい。

鱗馬に曳かせて、馬車としても使用できる造りになっているのである。

客車には、屋根と、窓がついている。

窓は、大きく開けられており、街灯の横を丹力車が通ると、中にいる人間の姿が、車内に浮きあがる。

客車内には、四人の人間が乗っていた。

三人は大人だが、ひとりは、まだ十三歳ほどの少年であった。

丹力車のスピードは、二五キロほどである。

丹力車が、その、巨大な楠の下にさしかかろうとした時、楠の影から、ふいに、ひとりの男がヘッド・ライトの灯りの中に姿を現わした。

黒いコートに、黒いシルクハットを被った男である。

壬生幻夜斎であった。

口髭を生やした、四十歳前後と見える運転手が、丹力車を停めた。

「何者か？」

運転手が訊いた。

しかし、その問いに、幻夜斎は答えなかった。

「戸田有情の車だな……」

低く言った。

しかし、運転手もまた、幻夜斎の問いに答えない。

「何者か?」

もう一度問うた。

幻夜斎は、ヘッド・ライトの灯りを避けようとしているのか、シルクハットを深く被って、顔を伏せている。

「壬生という者だ……」

幻夜斎の唇がそう動くのだけが見えた。

幻夜斎は、右手に、ステッキを握って、その先を足元の地面の上に突いている。

「何の用か?」

運転手が問うた。

「そう問う以上は、戸田有情の車であるということだな」

幻夜斎の唇が、にっと笑った。

幻夜斎のステッキが動いていた。

運転手の、腹を突いていた。

運転手が、小さく呻《うめ》いて、腹に手を置く間もなく、ハンドルの上に身を伏せてから、運転席から転げ落ちた。

「戸田有情どの。お乗りであれば、降りてきていただけるか――」

幻夜斎が言った。

幻夜斎の足元では、運転手が、腹を押え、身をよじって呻いている。

「どういうご用件かな」

客車の中から、声が響いてきた。

「一手、お教えいただこうと思ってな」

幻夜斎が、ヘッド・ライトの灯りの中から、左へ動いて逃れ出た。

「いかがか？」

客車に向かって問うた。

「壬生、何と申すのか――」

「壬生幻夜斎――」

「微塵流に雇われてのことか？」

「私事《わたくしごと》でござるよ」

「私事？」

「さよう」

「わけある身でな、わたしと試合したければ、しばらく日を経て後、また参られよ」

「本日、この場でお相手ねがいたい」

「なれば、わが門弟がこの場におる。その者に勝てれば、ぬしの望み、かなえようではないか――」

戸田有情が言った。

「よかろう」

幻夜斎が答えた時、客車の扉が、内側から外側へ開け放たれた。

ゆっくりと、和服を着た男が、車から降りてきた。

空気が流れ出るような、静かな動きをする男であった。

額に、前髪を垂らした、書生姿の男であった。

歳は、四十歳をややまわったかどうか。

左手に、剣を下げている。

ふうわりと、柔らかな気を、絹のようにその身にまとわりつかせていた。

幻夜斎が、顔をあげた。

その男を見た幻夜斎の眼が、燐光を帯びた。

「おまえ……」

「久しぶりだな、幻夜斎――」

その男が、かすれた声で言った。

「唐津新兵衛《からつしんべえ》――」

幻夜斎が、その男の名を、つぶやいた。

「何故、おまえがここに……」

幻夜斎が、その男——唐津新兵衛に訊ねた。

「おぬしが、熊本へ立ち寄るという話を耳にしたのでな、後を追ってきたのさ。来てみれば、赤石丈太郎の屋敷の前に、鱗馬が停まっていたという話を耳にした。微塵流の赤石と、水桜流の戸田のことは、おれも知っている。赤石丈太郎が、何をたくらんでいるかもな
——」

「ほう……」

「それで、戸田有情へ弟子入りしたのよ。ここで待てば、ぬしがやってくるだろうからな
——」

「——」

「ねらいは、大螺王か？」

男——唐津新兵衛が訊いた。

「ふふん」

「おれが、相手をする」

唐津新兵衛が言った。

「新兵衛どの、助太刀いたそう」

客車の中から声がかかり、三十五歳くらいの男が、降りてきた。

「千葉《ちば》どのか――」

新兵衛が、その男に言った。

しかし、新兵衛は、幻夜斎を見つめたままだ。

新兵衛の眼と、幻夜斎の眼が、浅くすぼめられている。

「助太刀無用――」

新兵衛が言った。

その声が、小さく震えている。

「我らの闘いは、人の闘いにあらず」

新兵衛が言えたのは、そこまでであった。

何かの圧力が、ただ、そこに無造作に突っ立っているだけの新兵衛の肉体に満ち始めていた。

それが、その圧力を増してゆくのが、傍に立っている千葉にもわかったらしい。

千葉が、半歩、後方に足を退いていた。

「螺力《らりょく》をあげたかよ」

幻夜斎が言った。

幻夜斎の唇の両端が吊りあがっている。

新兵衛と、幻夜斎との間に、眼に見えない圧力が、きりきりと音をたてそうなほどに張りつめてゆく。

幻夜斎が、歯を噛んでいる。

「ぬ」

「む」

動かないふたりの唇から、小さな声が洩れたその瞬間、強烈な力が、大気を叩きつけてきた。

ざあっ、

と、楠の大樹が、天に向かって、梢を跳ねあげていた。

大量の葉が天に飛ばされて、夜気の中に舞いあがった。

千葉が、後方に転がっていた。

丹力車が、音をたてて軋んだ。

しかし、まだ、幻夜斎も新兵衛も動かない。

互いの眼と眼を見つめあったままだ。

千葉が、起きあがった。

その時――

新兵衛の左の鼻の穴から、つうっ、と赤いものが滑り出てきた。

鼻血であった。

幻夜斎の、右の鼻の穴からも、ひと筋、赤いものが滑り落ちて、髭の中に這い込んだ。

新兵衛の身体の震えが大きくなっている。

幻夜斎の身体も、震えていた。

凄い力が、動かないふたりの肉体に満ちているらしい。

想像もできないような闘いを、今、このふたりが闘っているのだということが、千葉にはわかった。

「新兵衛どの――」

千葉が、かすれた声で言った。

「ぬ」

幻夜斎が、ステッキを持ちあげた。

「む」

新兵衛が、右手で、剣を抜き放っていた。

そうして、螺王の力を有したふたりの男――螺人《らじん》たちの闘いが始まったのであった。

五

音をたてて、大地に亀裂が疾《はし》った。

新兵衛の足元から、それは始まり、幻夜斎の足元まで走り、そこで止まった。

幻夜斎は、ステッキを正眼にかまえている。

新兵衛も、剣を正眼にかまえている。

幻夜斎の足元の大地が、みしみしと音をたてていた。

巨大な力が、そこの大地をふたつに裂こうとしているらしい。それを、もうひとつの大きな力が押えている。

そのふたつの力が拮抗《きっこう》して、大地が音をたてている。

千葉には、そう見えた。

幻夜斎が、足を、前に踏み出した。

右足が、前の土を踏む。

踏んだその瞬間に、その踏み出した右足の下の大地の亀裂が閉じた。

閉じたその上を、次に幻夜斎の左足が踏んでゆく。

次が右足だ。

その、踏み出した右足に合わせて、大地が閉じる。

幻夜斎の踏み出す足と共に、次々と、大地が新兵衛に向かって閉じていった。

もう、二歩で、互いの剣の間合いに入る。

そこで、幻夜斎が動きを止めた。

また、睨み合った。

動かない。

いや、動いている。

動いているように、千葉には見えた。

正確に言うなら、動くというよりは、幻夜斎と新兵衛と、ふたりの肉体の輪郭がぼやけて見える。何か、振動しているように見えた。

ふいに、幻夜斎が、ステッキを真上に跳ねあげた。

跳ねあげたその瞬間に、音がした。

剣と剣とがぶつかる音だ。

その時、千葉は、自分の眼を疑った。

音がしたその瞬間に、信じられないものを見たのである。

まず、音がしたその瞬間に見えたのは、幻夜斎の眼の前に立って、剣を幻夜斎の真上から打ち下ろしている新兵衛の姿である。

いつ、新兵衛がそういう動きをしたのか。

水桜流の目録を持つ、千葉にも、その動きは見えなかった。

不思議なのは、その後であった。

幻夜斎に打ち下ろした剣を握ったまま、新兵衛が、後方に退《さ》がったのである。

疾《はや》い。

疾く、そして、奇妙な退がり方であった。

相手に向かって剣を打ち下ろす動きがどういうものであるか、千葉は知っている。

その動きを、足から手から、何から何まで、そっくり逆になぞるようにして、新兵衛が剣を上に持ちあげながら後方に退がったのだ。

その一瞬、千葉には、ふたりの新兵衛の姿が見えた。

まだ、剣を握ったままそこに立っている新兵衛の姿と、そこに立っている新兵衛に向かって、剣を打ち下ろしたばかりの新兵衛が後方に退がってゆく姿とである。

退がってゆく新兵衛が、立っている新兵衛の姿に、正確に重なった。

また、ふたりは、睨み合った。

構えは、どちらも同じ正眼である。

まるで、どういう動きもなかったように、さきほどと同じであった。

今のは錯覚であったのか？

と、千葉は思った。

今、自分が見たのは幻であったのか？

時間にしたら、おそろしく、短い時間だ。

本当に、自分が、それを見たのかどうかもわからない。

〇・〇一秒かそれ以下だ。

いや、もっと短い時間であったかもしれない。

見て、その映像を記憶してから、その光景を、意識がようやく認識したのかもしれない。

その動きの最中は、そのスピード――現象に認識のスピードが追いつけなかったのだ。

その動きが全て済んでしまってから、その動きの一部を見たのだと、千葉は思った。

ぼやけていたように見えたふたりの姿が、再び、街灯の灯りの中に、はっきり見えるようになった。

く、

く、

く、

と、幻夜斎が、笑った。

「刻《とき》の弾力を使うた攻撃か……」

新兵衛に向かってつぶやいた。

「進歩がないな」

ゆるりと、幻夜斎が、正眼に構えていたステッキを、宙でまわした。

まわしたその瞬間に、ステッキの先の一〇センチほどが、そこから消えていた。

新兵衛が、大きく後方に跳んでいた。

それまで、新兵衛が立っていた空間——ちょうど心臓があったあたりの空間に、白い、長さ一〇センチくらいの棒が出現し、ぐるりと何かを掻き混ぜるような動きをした。

消えたと見えた、幻夜斎のステッキの先の部分のように見えた。

もし、その位置に新兵衛の心臓があったら、そのステッキの先によって、新兵衛の心臓は掻き混ぜられていたかもしれない。

出現したのと同じ唐突さで、そのステッキの先は、空間から姿を消していた。

これも、時間にして、おそろしく短い間であった。

また、距離をとって、新兵衛と幻夜斎とが向かいあった。

ふ、
ふ、

と、新兵衛が笑った。

「空間を使った攻撃か……」

幻夜斎に向かってつぶやいた。

「古い手だ」

新兵衛が、幻夜斎に向かって、浅く間合いを詰めた。

幻夜斎は動かない。

その幻夜斎の右手方向へ、千葉が、じりじりと動いてゆく。

「千葉どの、助太刀は無用！」

新兵衛が、間合いを詰めながら言う。

「新兵衛どの、わが生命を使われよ。この男がいかな力を持っていようと、剣にて斬れぬことはありますまい。わたしが斬りかかれば、この男は、わたしの剣を受けるか、わたしを殺すかせねばならぬでしょう。そこに隙が生まれるはず。その隙をついて、この男を倒されよ！」

千葉が叫んだ。

すでに、千葉は、腰の剣を抜刀していた。

「ひかれよ。無駄なことはせぬことだ――」

新兵衛が言った。

しかし、千葉は、それを聞かない。

幻夜斎に向かって間合いを詰めてゆく。

それをいやがるように、幻夜斎が横へじりじりと逃げてゆく。

さらに、千葉が間合いを詰める。

「む」

幻夜斎が、小さく声をあげる。

千葉の唇が吊りあがった。

「やめよ、幻夜斎の誘いだ！」

新兵衛が言うのと同時に、

「ぬうっ！」

千葉が、大きく踏みながら、幻夜斎に疾り寄って、大きく剣を突き出した。

幻夜斎は動かなかった。

「ぬがががっ！」

声をあげたのは、千葉であった。

千葉は、両手に握った剣を、大きく前に突き出していた。

しかし——

前に突き出したはずの千葉の剣は、その鍔《つば》元数センチのあたりから、刀身が消えていた。

千葉の胸から、大きく、前方の空間に向かって突き出ているものがあった。

途中から消えた、千葉自身の剣の刀身であった。

それが、不気味な角度で、千葉の胸から、血をからみつかせながら生えていたのである。

信じられないような眼で、千葉は、その剣先を見た。

両手を放した。

しかし、宙に浮いたまま、その剣の柄は地に落ちなかった。

千葉は、自分の胸から突き出ていた剣を押しもどそうと、その刀身を両手で握った。

その千葉の眼が、白く裏返った。

刀身を握っていた千葉の指が、ばらばらと地に落ちた。

そのまま、前のめりに、千葉が倒れた。

同時に、音をたてて、千葉の剣が地に落ちた。

もとの姿にもどった剣であった。

それまでと違うのは、その刀身に血がからみついていることであった。

千葉の胸から生えていた剣先が消えていた。

「やったな」

新兵衛が言った。

「邪魔な虫を始末したまで……」

幻夜斎がつぶやいた。

その時、丹力車のドアが開いた。

黒い和服に身を包んだ男が、丹力車から降りてきた。

四十くらいの男——戸田有情であった。

「逃げられよ、戸田有情どの」

新兵衛が、横手の丹力車に向かってつぶやいた。

「弟子の千葉をやられて、わしが逃げるわけにはゆくまいよ」

地に降り立った。

その、戸田有情の後方から、十二〜三歳と見える少年が、丹力車のドアのところに姿を現わした。

黒い瞳を、怯《おび》えで震わせている小さな、痩せた少年であった。

その少年を、戸田有情が、後方にまわした手で、動くなと押しとどめた。

戸田有情は、腰に剣を差している。

それを抜かずに、幻夜斎に向かって歩き出した。

幻夜斎の後方に立った。

もし、戸田有情が剣を握っているのなら、すでに、その場所は間合いのうちである。

しかし、戸田有情は、まだ、剣を抜いてはいない。

「わしがいつ抜くか、わかるか?」

戸田有情が言った。

完全に気配を殺していた。

「いつ抜くかわからぬでは、ぬしも、その技を使えまい。ぬしの技――ぬしの意志よりも、わしの剣の動きは疾《はや》い……」

幻夜斎の後方に立って、戸田有情は静かに腰を落とした。

しかし、幻夜斎は動かない。

幻夜斎が何らかの動きをしたら、その瞬間に、剣をひき抜きざま、幻夜斎を斬って捨てようというつもりらしかった。

戸田有情の内部に、気魄が満ちた。

満ちて、そこで止まった。

そして、戸田有情は、そのまま、溜めた気魄と共に、気配を断ったのであった。

「さすがに、水桜流の戸田有情、おそるべき手練《てだ》れであることよ」

幻夜斎が言った。

言った幻夜斎の姿が、ぼやけた。

そこにいて、しかも、はっきり見えているはずの幻夜斎の姿が、薄くなったように、戸田有情には見えた。

「手は出されるな、戸田どの！」

新兵衛が叫んだ。

叫んだ新兵衛の姿も、ぼやけた。

頭上で、楠の梢が、大きくうねった。

戸田有情の髪が立ちあがった。

新兵衛が、幻夜斎に向かって、正面から疾った。

幻夜斎が動いていた。

下から、斜めに跳ねあがってくる新兵衛の剣を、ステッキで受けていた。

その瞬間に、戸田有情が、剣を引き抜いていた。

引き抜きざま、その剣を真横にはらった。

しかし、その刃は、信じられぬことに、幻夜斎の胴を、大気を切ったように通り抜けていた。

幻夜斎が、その剣をよけたわけではない。そこを動かない幻夜斎の身体を、戸田有情の剣が疾り抜けたのだ。

新兵衛の剣に、幻夜斎のステッキが、大きく宙に跳ねあげられていた。

跳ねあがったそのステッキが、宙に消えていた。

その、宙に消えたはずのステッキが、ふいに、戸田有情の足元の土の中から出現した。
そのステッキが、戸田有情の、前に踏み込んだ右脚の太股を、下から貫いていた。
「ごわっ」
戸田有情が、塊りのような声を吐き出して、そこに転がった。
新兵衛と、幻夜斎は、動かなかった。
向かい合っていた。
新兵衛の右手に握られた剣は、上に跳ねあげられたまま、宙で止まっていた。
新兵衛の左手が、その手首まで、幻夜斎の左胸の中に潜り込んでいた。
幻夜斎の右手が、その手首まで、新兵衛の額の中に潜り込んでいた。
ふたりは、睨みあっていた。
「残念だったな、新兵衛……」
幻夜斎が言った。
その唇が、吊りあがる。
笑った。
「わたしの心臓は、そこにないのだ」
その途端、新兵衛の右手に握られていた剣が、上から打ち下ろされた。
幻夜斎は、大きく後方に跳んで、それをかわしていた。

打ち下ろされた剣が、地を打った。

その剣の上に、新兵衛が突っ伏すように倒れ込んだ。

動かない。

く、
く、
く、

と、幻夜斎が、左の胸を、血で染めながら、声をあげて笑った。

幻夜斎の右手が、高くかかげられていた。

その手に、血にまみれた、新兵衛のずくずくになった脳の三分の一近くが握られていた。

「九州で、思わぬ男を倒したわい……」

幻夜斎が言った。

「螺王の力、全て、この幻夜斎がもらいうける」

六

「なるほど……」

　皇王が、囁くようにうなずいた。

「それで、試合は、微塵流が勝利をおさめたということですね」

「はい」

　頭を下げたのは、飛丸であった。

　暗い部屋に、いくつもの、鈍い黄金色の光が揺れている。

　光源は、灯明皿《とうみょうざら》の上の炎がひとつだけなのだが、その炎が、部屋の黄金のあちこちに映っているのである。

「わたしは、楠の影に隠れて、幻夜斎と新兵衛の闘いを、この目で見ました。その翌日に行なわれた、微塵流と水桜流の試合など、前日の試合に比べれば、稚技《ちぎ》に見えました」

「試合は、誰と誰が闘ったのですか？」

「わが微塵流は、赤石丈太郎、水桜流は、戸田有情の息子の、戸田弁吉《べんきち》――」

「ふむ」

「赤石先生が、十八歳になる戸田弁吉の額を剣で突き抜いて、勝利したのです」

「で、幻夜斎は行ったのですか?」

「行った?」

「城へですよ。それが、幻夜斎の目的だったのでしょう?」

「行きました」

飛丸が言った。

「城の中心へ?」

「そうです」

「赤石丈太郎が一緒に?」

「先生と、わたしが、幻夜斎どのにつきそいました」

「それで?」

「案内したのは、二層目の、武者の間でした。そこが、板敷きになって、その板敷きの床の中央に、幻夜斎どのは座しました」

「ほほう」

「座して、眼を閉じ、しばらくして立ちあがりました」

「立ちあがって、どうしました?」

「ここにはない、と、低くつぶやかれました」

「ここにはない?」

「はい」

「何がないと――」

「わかりません。いえ、その時はわからなかったということです」

「今は、わかるのですか？」

皇王が訊いた。

飛丸は答えなかった。

口をつぐんでいた。

「その時、何がないと、幻夜斎は言ったのですか？」

「申しあげられません」

飛丸が、畳に、額をこすりつけた。

「まあ、よいでしょう。見当はつきます。それからどうしました？」

「〝帰る〟と、幻夜斎どのは申されました」

「――」

「先生が、もう用事はそれですんだのかと訊ねると、ひと言、すんだと――」

「それで？」

「それで、わたしは、幻夜斎どのに、弟子入りを志願したのです。先生の前であったのですが、先生と、幻夜斎どのに、両手を床に突いて頼んだのです」

「弟子入りは、できたのですか?」

「できました」

「幻夜斎の弟子ですか――」

「弟子というよりは、小間使いのようなものです。それから、三年、幻夜斎どのについて、あちこちをまわりました」

「幻夜斎は、何のために、全国をまわっていたのですか?」

「それも、申しあげられません」

飛丸が、また、畳に額をこすりつけた。

「よいでしょう。それも、見当がつきます――」

「それで、三年目の春に、鹿児島が……」

「熊本によって滅ぼされたというわけですね――」

「はい」

飛丸はうなずいた。

「城主は死に、水桜流も微塵流も、主だったものは皆、そのときの戦《いくさ》で死んでいます
――」

「微塵流の赤石丈太郎、水桜流の戸田有情も死にましたね」

「微塵流の内弟子以上の立場にあった者で、生き残っているのは、おそらく、わたしひと

りかと――」

「三年、幻夜斎の元にいて、何故幻夜斎と別れました？」

皇王が、細い、覗《のぞ》き込むような眼つきで、飛丸を見た。

飛丸は、頭を軽く下げ、一瞬、口ごもった。

「それも言えませんか？」

「そうではありません。素質がないと、わたしは言われたのです」

「素質？」

「螺力を使う素質のことです」

飛丸が、浅く、唇を嚙んだ。

「素質のないものが、自分の跡をついてくるのは無益であろうと。己れの分に合った生き方をせよと、言われました」

「幻夜斎にですか」

「はい。素質のないものに、自分は興味はないと――」

「手厳しいことですね」

「その頃、幻夜斎どのも、ひとつの結論を出されたようで――」

「ほう……」

皇王が声をあげると、飛丸があわてて、頭を下げた。

「どういう結論ですか？」

「わかりません」

　飛丸は、顔をあげ、

「申しあげられないのではなくて、わからないのです」

　そう言った。

「想像はしているのではありませんか」

「想像でございますので——」

「言えぬと？」

「はい」

「それでは、また後で、そのことについては訊くことにしましょうか。それで、おまえは幻夜斎と別れてどうしたのですか？」

「現在のような稼業に入りました。人にやとわれて、仕事をすることになりまして——」

「それで、彌勒堂に微塵流をやるあなたのような男がいたわけですね？」

「はい」

「おまえを武蔵という男がねらっているそうですね」

「どうもそのようです」

「心あたりは、ありますか？」

「恨まれるというのなら、心あたりは無数にあります。しかし、何故、あの男が幻夜斎の居場所を捜しているのか、それがわかりません――」

「幻夜斎を殺すと言っていたそうですね」

「はい」

「そのために、おまえに近づいてきたとなると、幻夜斎の居所を、おまえが知っているということになりますね。少なくとも、向こうはそう考えている――」

「知りません」

「知らない、ということと、心あたりがないということとは、先ほども言いましたが、違うのですよ」

「――」

「壬生幻夜斎の名――螺力を持つ者の間では、時おり、噂にのぼる名です。幻夜斎については、様々なことが言われています。異変以前から生きているとか、人ではないとかいうものまで、その噂の中にはあります。しかし、その実体が、つかめません。あれは、どういう人間なのですか――」

「わたしにも、あの方の実体はつかめません。しかし、その噂通り、あの方が、異変以前から生きておられるとしても、人ではないとしても、わたしは、意外とは思いません」

飛丸が、赤い瞳で、皇王を見つめながら言った。

「しかし、皇王さままでが、螺力を有しておられるとは、わたしは知りませんでした。皇王さまも、幻夜斎どのと同じく、わたしにとっては、謎《なぞ》の方です。あるいは、わたしなどより、皇王さまの方が、幻夜斎どののことについては知っておられるのではありませんか――」

皇王の唇の端に、微かな笑みが浮いた。

「訊いているのは、おまえではなくて、わたしの方ですよ」

皇王が言った。

飛丸が、頭を下げる。

「先ほどのことに、話をもどしましょうか?」

「先ほど?」

「結論のことですよ。壬生幻夜斎が、全国を回っていたということはわかります。大螺王の居場所を捜していたのですよ、それはね。それで、結局、幻夜斎がどういう結論を出したのかということです――」

「――」

「京ですか?」

「――」

「江戸ですか?」

「――」

「それとも、もっと別のどこかですか？」

　皇王が訊いた。

　しかし、飛丸は答えない。

「言えません」

「無理に言わせてもいいのですよ」

「言えば、わたしは、殺されます」

「殺される？　幻夜斎にですか？」

「はい」

「どうやって、幻夜斎が、おまえを殺すのですか」

「わかりません」

「わからない？」

「わかりませんが、間違いなく、あの方はわたしを殺します」

「言わねば、幻夜斎がおまえを殺すよりも先に、わたしが、おまえを殺すことになるかもしれませんよ――」

「それでも、言えません」

　答えた飛丸の声が、微かに震えていた。

その飛丸を見つめていた皇王の唇の端が、左右に小さく吊りあがった。
V字形の笑みが、皇王の唇に浮いていた。
「わが、螺力をもって、言わせてみせましょうか……」
囁くように、皇王が言った。
びくん、
と、小さく飛丸の背が震えた。
頭を下げたままの飛丸の背が、そのまま小刻みに震え始めた。
「ぐっ」
と、飛丸が喉を鳴らした。
しゅっ、
と音がして、畳の上に、赤いものが、下を向いた飛丸の顔のあたりから滴り始めた。
血であった。
その血が、たちまち、黄金の畳の上にその量を増してゆく。
「言いなさい。言わねば、おまえは死にますよ……」
皇王が言ったその途端であった。
飛丸の身体が、座したままのその姿勢で、高く宙に跳んでいた。
飛丸の左手が、自分の懐ろから、光る金属を引き抜いていた。

その光る金属が、飛丸の手から、皇王の額に向かって真っ直ぐに宙を疾《はし》った。

皇王が、小さく、首を横に振って、それをかわした。

その光る金属が、後方の、黄金の柱に突き立っていた。

次の攻撃は上からだった。

落ちざまに、飛丸が、皇王の頭部に、懐ろから引き抜いた、ナイフを打ち下ろしていた。

そのナイフの切っ先は、しかし、皇王の頭部には潜り込まなかった。

皇王が後方に跳んでそれをかわしたのだ。

膝を突いて、地に落ちた飛丸が、身構えていた。

そのすぐ前に、黒い和服に身を包んだ皇王が、静かに立っていた。

皇王の左手に、まだ、鞘に収められたままの短い剣が握られていた。座蒲団の下に隠しておいたものらしい。

飛丸の顔が、恐怖に歪み、血にまみれていた。

皇王を見上げる飛丸の歯が、かちかちと音をたてている。

「何が恐いのですか？」

皇王が訊いた。

「ぬくっ」

飛丸が、その皇王の股間に向かって、下から、ナイフの刃先を跳ねあげる。

皇王が、優雅な動きで、後方に退がった。

刃先は、和服の裾をかすりもせず、上へ流れた。

音もたてずに、皇王の右手が剣を引き抜いていた。

金色の光芒《こうぼう》が、横に疾った。

ぶつん、

という、いやな音が響いた。

肘《ひじ》の上から、飛丸の左手が断ち切られていた。

重い音をたてて、ナイフを握ったままの飛丸の左腕が畳の上に落ちた。

さらに、大量の血が、その傷口から噴き出した。

黄金色の中に、凄い血の臭いが満ちた。

「言いなさい」

静かに、皇王が言った。

膝を突いたまま、飛丸の全身が、ぶるぶると大きく震えていた。

「無理にでも言わせますよ」

飛丸の姿を、上から静かに眺めながら、皇王が言った。

「ぶぶぶぶぶぶっ」

飛丸の唇から、激しく、血がほとばしった。

「言いなさい。痴玄に言えば、まだ、あなたを助けることが、できるのですよ」

飛丸が、皇王を見た。

「言いなさい」

皇王が言うと、飛丸が、小さくうなずいた。

「大螺王は、どこですか？」

皇王が訊いた。

飛丸が、唇を開きかけたその時――

ふいに、びくんと、大きく、跳ねあがるように飛丸の身体が痙攣《けいれん》した。

飛丸の眼が、白く裏返っていた。

そのまま、飛丸は、仰向けに倒れて動かなくなっていた。

死んでいた。

上から、その飛丸の姿を見下ろし、

「むう」

小さく、皇王が声をあげた。

明らかに、殺すつもりがないのに、飛丸が死んだことに対する驚きの声であった。

その時、黄金の襖が開いた。

「何かありましたか?」

痴玄が、そこに立っていた。

痴玄は、皇王を見つめ、それから、畳の上に倒れている飛丸の死体を見つめた。

「皇王さまが、殺されたのですか――」

痴玄が言った。

「違います。わたしではありません」

皇王が、静かに首を左右に振った。

「では誰が……」

「この男を殺したのは、壬生幻夜斎です」

皇王の、赤い唇が、囁くように言った。

第六章　進化力

一

静まりかえったその部屋に、微《かす》かな、低い機械音が響いていた。
ガラスの円筒が、無数に並ぶ部屋であった。
そこで、四人の男が、沈黙したまま、互いに顔を見合わせていた。
武蔵《むさし》。
来輪《くるわ》左門《さもん》。
九兵衛《きゅうべえ》。
伊吉《いきち》。
その四人である。
「進化か……」

つぶやいたのは、左門であった。

ほう、と息を吐き、

「こいつはおそれいったな――」

武蔵は、並んだ円筒に沿って、ゆらりと歩き出した。

歩いてゆくにつれて、ガラスの円筒の中のものは、さらに変化してゆく。

魚のようなもののヒレが変化して、四肢に似たものが発達し、鱗《うろこ》が消え、獣毛が伸び、猿に似たものとなり、さらに、二足歩行ができるような体形へと変化し、最後の十本近くは、ほとんど、人に近い形状のものになっていた。

しかも、彼らは、例外なく、動いていた。

触手に似たものを、時おり、動かすものもいれば、呼吸するようにふくらみ、収縮し、またふくらむといった動きを繰り返しているピンク色の肉塊もあった。

眠ったように動かないものも、よく見れば、その心臓のあたりが、ぴくぴくと動いていたりする。

歩いてきた武蔵に気づいたのか、ふいに眼を開き、武蔵の動きを眼球で追ってくる猿もいる。

それらの、どの生き物も、生きているのである。

しかし――

彼らは、例外なく、その肉体に、奇妙な歪《ゆが》みがあった。

魚なら魚、猿なら猿が、どこか、本来のその姿とは違っているのである。

ふいに、人によく似た顔を有した魚がいたり、鱗のかわりに獣毛をはやした魚がいたりする。

毛の無い猿がいたり、身体に、獣毛のかわりに鱗を持っている猿がいたりする。

嘴《くちばし》を持った、四足獣や、あるいは、蛙の眼を有した人がいるのだ。

最後の、最も人に近いものが入っている円筒の前で、武蔵は立ち止まった。

後方から、武蔵の後を尾《つ》いてきていた左門、伊吉、九兵衛が立ち止まった。

武蔵は、溜息をついて、

「凄いものだな――」

ガラスの中の、人の姿をしたものを見つめたまま、つぶやいた。

ガラスの中の人の姿をしたものが、眼球を動かして武蔵を見た。

「これは、わしの趣味でな……」

九兵衛がつぶやいた。

「趣味?」

「道楽よ。一生を掛けた道楽だが、ま、道楽は道楽というところさ――」

「というと?」

「こいつのためには、銭《ぜに》を使うのは惜しくはないが、こいつで銭を儲《もう》けるつもりはねえってことよ」

「ここで、何をしようとしている？」

「見ての通りさ」

「ふうん」

武蔵は、あらためて、立ち並ぶガラスの円筒に眼をやり、太い指で、髪の中を音をたてて掻いた。

「見たって、わからんね。説明をしてもらいたいもんだな」

言ったのは、左門である。

「九兵衛さん、これは、みんな、あんたが造ったのかい」

武蔵が訊いた。

「ああ――」

いったんうなずいてから、

「そうだとも言えるし、違うとも言えるな」

「どういう意味なんだ」

「半分はわしが、造り、半分は、螺力が造ったというところか――」

「この進化をか？」

「人の手で進化を造ろうとしているのか――」

「半分は当たっているが、半分は違うな」

「どう違う」

「わしが、本当にやりたいのは、神が成した創造をすることよ」

「神？」

「生命の創造よ」

「ほう」

「ここにいる生命は、皆、生命から造られた生命だ。わしが、成したいと思っておるのは、生命でないものから生命を創造することなのだ」

九兵衛は言って、武蔵を見、左門を見、伊吉を見た。

「ここにいる生物は、どれも、わしが、螺力の力を借りて、この世に生み出したものだ。しかし、その一番元となる生命は、わしが生み出したものではないのだ」

「――」

「生命は、どれも皆、遺伝子を有している」

九兵衛はつぶやいた。

「その遺伝子によって、自分と同じ形体の生命を、この世に生み出してゆくのだ。ならば、どうして、進化がおこるのか。遺伝子によって、同じコピーを無限に増殖させてゆく過程で、どうして違うコピーを生み出してしまうのか。それは、コピーミスによるものなのか。それとも、ある回数以上のコピーが繰り返されると、自然に、新しい遺伝子を造り出してしまうようなシステムが、最初から遺伝子の中にあるのだろうか。最初の遺伝子――つまり、最初の生命がこの世に生じた時、すでに、その遺伝子の中に地球上に生ずべきあらゆる生命の可能性が存在していたのだろうか――」

九兵衛は、武蔵と左門の顔に、交互に視線を注いだ。

武蔵と左門は、黙ったまま、九兵衛の次の言葉を待った。

「もし、新しい種ではなく、新しい生命を創造できれば、それは、我々の知る生命とはまったく違うシステムを持った生命になるのではないかと、わしは考えたのだ。それは、ほとんど、夢物語であった。しかし、螺力という力について、考えてゆくうちに、その螺力によってなら、あるいは、新しい生命の創造は可能なのではないかと、わしは思うようになったのだ――」

「螺力か……」

武蔵がつぶやいた。

「この世を創造した時に、神が使いたもうた力が存在するとすれば、それこそが、螺力であると、わしは思う。いや、螺力そのものが、神という見方もできる。螺力というのは、それほどの力なのだ——」

「それで——」

左門が、九兵衛に、話の先をうながした。

「螺力について調べてゆくうちに、螺力は、我々が進化と呼んでいる現象についても、深く係わりを持っているのではないかと、わしは、考えるようになった——」

九兵衛は、周囲のガラスの円筒に視線を向けて、

「——これが、その実験の結果よ」

「——」

「遺伝子というものは、たとえ、種が違っていても、種が近いものどうしであれば、遺伝子工学的に特別な作業をせずとも、互いに結びつき合うことができるのは、知っているだろう?」

「ああ」

左門がうなずいた。

「馬とロバとを交配させて、ラバという動物が造り出された。豹とライオンとを交配させて、レオポンという動物が造り出された。遺伝子をさらに、工学的にいじくってやれば、さらに、種の離れた生物の遺伝子でさえ、結びつけることができるのだ。絹糸を造る大腸菌でさえ、そういう技術で、異変前に造られていたのだ。しかし、そういう生物は、生物

として、不完全なものがほとんどだった——」

「——」

「どこが、不完全であったか？　たとえば、ラバや、レオポンで言うならば、その生物は、交配によって造られた一代限りの生物なのだ。彼らは、生物として、自分たちと同じ種を残せないのだ」

九兵衛は、自分の言葉が、どこまで伝わったのかを、さぐるように、男たちを見やった。

「突然変異による、進化という見方が、現在も、丹術士たちの間には根強く残っているが、この説が、有している根本的な問題が、ひとつ、ある。それは、突然変異によって、この世に生まれた新しい種が、どうやって増えてゆくのか、という問題だ」

「ふむ」

と、小さく左門が声をあげた。

「たとえ、突然変異種がこの世に生じたとしても、個体がひとつでは、種として増えようがないのだ。近い種との交配によって、この世に新しい種が生じようと、一代限りでは、種として増えようがないのだ。自然淘汰《しぜんとうた》による、適者生存という考え方がある。地球的な規模により、環境が変化し、その環境に適応したものが生き残って、その積み重ねが進化という現象を生んだという考え方だが、それにも、問題がある。この場合、同種でありながら、個体差によって、一方が生き残り、一方が死ぬというような環境の変化が、実際にあり得るのかどうか、あり得るとしても、同種内での個体差の積み重ねが、種の変化――つまり、進化というレベルまで発展するのかどうか――」

九兵衛は、言葉を切って、小さく咳《せき》をした。

ガラスのケースを、拳で叩き、

「これはな、わしが、遺伝子をいじくることによって、この世に生じさせた生物よ――」

ぼそりと言った。

「人、犬、蛇、猿、魚、菌、昆虫、四十種の生物から取り出した遺伝子をこねくりまわして、造ったのが、一番最初にきみたちが見たものだ。様々な可能性を有した混沌《こんとん》生物だ。あの混沌生物から生じたものが、ここに並んでいるガラス筒の中にいる生物たちなのだよ――」

九兵衛は、小さく笑った。

「さっき、わしは進化と言った。しかし、これが進化であるのかどうか、わしにははっきりとは言えない。進化というのとは別のものであるのかもしれない。厳密に言うなら、このガラスケースの順序は、必ずしも発生した順に並べられているわけではないのだ。これは混沌生物の裡《うち》に存在する――というよりは、わしが、無理に、ひとつの個体の中に閉じ込めた様々な可能性が、発芽していった結果であるにすぎないのだからね――」

九兵衛は、小さく首を振り、

「今、この世界には、異変前にはこの世に存在しなかったような生命体が無数に生じている。あるいは、研究所や、実験室の中にしかいなかったような生物が、無数に存在する。どうしてなのだろう」

　つぶやいた。

「異変前に、すでに、遺伝子工学は、ほとんど神の領域にとどこうとしていた。今も言ったように、実験室の中には、自然界の進化が生み出したのとはまったく別の生物がいたことは事実なのだ。他の生物と合成された生物——キメラが、現在、この世に無数に存在するのは、そういう生物が、異変によって実験室や研究所から逃げ出したからだと言われている。しかし、ほんとうにそうであろうか——」

「違うってのかい」

　武蔵が訊いた。

「違う」

　言ってから、九兵衛は、自分のその言葉を否定するように、小さく首を振った。

「いや、否定はしない。否定はしないが、もうひとつ、別の力が働いて、この世に様々な生物が、生み出されたと、わしは考えている——」

「異変がきっかけで、核が使われたはずだ。その核の放射能が原因と言っているやつもいるぜ」

左門が言った。

「遺伝子工学、放射能――それも間違いなく、原因のひとつではあろうさ。しかし、たとえば、放射能が、生物を変化させた場合に生ずるのは、基本的には、奇形だ。進化というレベルのものは極めて少ない――」

「――」

「根本的なもうひとつの力があったからこそ、この世には、それまで地球上に存在しなかった様々な生物が生じたのだ」

「もうひとつの力?」

左門が訊いた。

「ああ」

九兵衛はうなずいた。

「異変そのものを引きおこした力が、この世に様々な生物を生み落としたのだ」

「なに!?」

「異変がおこったのは、百四十三年前――二〇一二年だ」

九兵衛が言った。

「うむ」

武蔵と左門がうなずいた。

「その異変を引きおこした力というのが──」

「何なのだ」

左門が訊いた。

九兵衛が、低いが、はっきりとした声で言った。

「異変の内容については、知っていようが」

「ああ、おおまかにはな。世界中を、突然でかい地震が襲ったんだろう」

左門が言った。

「それだけか──」

「もうひとつ、耳にはさんだことがある」

「言うてみい」

「大陸が、動いたのではないかということらしい」

光る眼で、左門が九兵衛を見た。

「らしいではない。大陸が動いたのだ」

九兵衛は、言った。

「本当にか──」

「ああ。ユーラシア大陸、アジア、アフリカ、南北アメリカ大陸、オーストラリア、南極、地球上のあらゆる大陸が、動いたのだ。平均すれば、およそ一二〇メートル。場所によっては、一キロ以上も動いた場所もある。いや、実際には、はっきりした計測ができぬから、仮の数字だが、大陸が、急に動いたという事実は動かない——」

「その原因が、螺力であると——」

堅い声で言ったのは、武蔵であった。

「そうだ」

九兵衛がうなずいた。

「こちらへ来なさい」

九兵衛が言って、歩き出した。

武蔵、左門、伊吉がその後に続いた。

奥の壁に、ドアがあった。

九兵衛が、そのドアを開いた。

そこに、さらに地下へ降りてゆく階段があった。

螺旋階段であった。

その螺旋階段を、右回りに下ってゆく。

低い、底にこもった機械音が、さらに大きくなってゆく。

暗い階段であった。

裸電球がひとつ、天井から下がっているだけである。

下ってゆくにつれて、灯りが遠のき、さらに暗くなってゆく。

底に着いていた。

かなりの広さの空間が、底に降りた男たちの周囲に広がっていた。

しかし、灯《あか》りが遠いため、その空間の広さがどれだけのものか、わからない。

濃い、湿った土の匂いが、闇に満ちていた。

「暗いな」

左門が言った。

「まあ、待て――」

九兵衛が言って、横に動いた。

小さい金属音がして、ぼっ、と闇の中に灯りが点《とも》った。

炎の灯りであった。

土の壁に、灯り皿が取り付けられていて、そこに灯りが揺れていた。

「この灯りで我慢してもらおうか――」

九兵衛が三人を振り向いた。

「おう……」

低く声をあげたのは、左門だった。

左門は、炎の灯りに照らし出された、部屋の奥を見つめていた。

そこに、黒々とした巨大な螺旋がうずくまっていた。

貝の形をした螺旋であった。

大きさは、小さな部屋くらいはあるであろうか。

四畳半の部屋ひとつ分くらいの空間が、その螺旋で占められていた。

「これは……」

左門がつぶやいた。

「オウムガイじゃよ――」

九兵衛が言った。

「――もっとも、本物ではなく、金属で造られた人工物だがな」

それは、表面が、黒い光沢を持った螺旋であった。

九兵衛の言うように、金属でできているらしい。

それは、石の台の上に、水平に置かれていた。

天井から無数のコードが降りてきており、そのコードが螺旋の中心から内部に潜り込んでいる。

「何なのだ、これは――」

左門が訊いた。

その問いに答えたのは、九兵衛ではなかった。

武蔵であった。

「螺力を造ろうとしているのか」

武蔵は、その螺旋を見つめながら言った。

「ほう……」

九兵衛が、武蔵を見た。

「……その通りなのだが、何故、それを知っておる?」

九兵衛は、武蔵を見た。

「なんとなく、そう思っただけさ」

「ふふん」

九兵衛が、その唇に微笑を溜めた。

「まあ、よいわ。たしかにこれは、螺力を発生させる装置なのだ。しかし、これは、装置として、完全なものではない」

「作動しないのか?」

「そうではない。しかし、これは、おそろしく効率が悪い。この螺旋で造られる螺力は、この螺旋をくぐらせたエネルギーの十万分の一程度のものだ」

「――」

「この自然界には、四つの力が知られている。それを、ぬしらは知っておるか――」

うなずいたのは、武蔵と左門である。

伊吉だけが、問いの意味さえ、理解できていないようであった。

「電磁力、重力、強い力、弱い力——そう呼ばれている力だ。それらの四つの力は、この宇宙が創成された太初においては、ひとつの力であったと言われている——」

四つの力——

電磁力——これは、いわゆる電気による力のことである。光の持つ力だ。

重力——これは、我々をこの地球につなぎとめておこうとする力のことだ。この宇宙で最も遠くまで届く力だ。

強い力——これが核力である。原子核の中で陽子や中性子をくっつけているのがこの力だ。

弱い力——これは中性子がベータ崩壊を起こして陽子になる時に働く力である。

「それで？」

左門が、先をうながした。

「その、宇宙の太初のひとつの力が螺力であったのではないかと、現在は考えられている」

「——」

「この螺旋機械は、その四つの力から、螺力を生み出すための装置なのだ」

「ほほう」

「しかし、この螺旋によって生ずる螺力は、使用した力《エネルギー》の、わずかに十万分の一でしかない……」

九兵衛は、ゆっくりと、その螺旋機械の前まで歩み寄った。

「しかし、たったそれだけの螺力であっても、わしが造りあげたあの混沌生命体を、進化させることができた。あれが、進化と呼べるものであるのならな――」

重く唸《うな》っている機械音の中で、九兵衛の言葉が低く響いた。

「しかし、あんた、何故、これをおれたちに見せた？」

左門が訊いた。

「これは、だいぶ危険な趣味だぜ。異変以来、遺伝子をいじくるとか、大量に人を殺せる火器だのの類いは、表だっては造れねえし、研究もできない。銃にしたって、おおっぴらには使えねえようになってるはずだ――」

「だからこそ、このような地下でやっておるのさ」

「まあ、金沢城《かなざわ》でも、隠れて、蟲《むし》の研究やらをやってるがな。しかし、蟲を、兵器として利用しようとしていることを、平民どもが知ったら、暴動がおこりかねないだろうぜ。彌《み》勒堂《ろくどう》が、きっちり制圧できるかどうか――」

「ふふん。おぬしは、それを金沢にさぐりに来たのだろうがよ」

九兵衛の言葉に、左門は、小さく笑ってみせただけであった。

「九兵衛……」

それまで、黙ってふたりの話を聴いていた武蔵が唇を開いた。

「……これで造り出した螺力を、何によって制御するのだ?」

九兵衛が、むきなおって武蔵を見た。

九兵衛が、白い歯を見せた。

「少なくとも、おぬしには、その見当くらいはついているだろうよ。壬生幻夜斎《みぶげんやさい》を捜して殺そうと考えている人間ならばな——」

九兵衛が、覗き込むような視線で、武蔵を見た。

その瞳に、炎の灯りが映っている。

その眼が、武蔵の眼と合った。

「意志か——」

低く、武蔵がつぶやいた。

「その通りよ」

九兵衛が言った。

九兵衛は、武蔵の眼を見つめながら続けた。

「しかし、螺力については、まだ、はっきり知られているわけではない。人の意志に感応する力であるのか、人が、その意志によっても創り出すことのできる力なのか、それもわかってはいない――」

九兵衛は、視線を左門に移し、また武蔵にもどした。

「わかっているのは、強い意志によって、螺力の一部が制御できること。特殊な人間は、その螺力をあやつることができるということ。たとえば、壬生幻夜斎などは、そういう特殊な人間のひとりよ――」

「会ったことがあるのか、幻夜斎に――」

武蔵が訊いた。

「ない」

九兵衛がつぶやいた。

「ないが、しかし、おそるべき螺力を使う男とは耳にしている」

「壬生幻夜斎――いったいどのような素性の男なのだ？」

武蔵が言うと、九兵衛は、また、あの人の眼の奥に入り込んでくるような視線で武蔵を見た。

「それを訊きたいのは、わしの方よ。武蔵、おぬしこそ、何故、壬生幻夜斎を捜している？」

「殺すためだ」

武蔵は答えた。

「何故、壬生幻夜斎を殺そうとする?」

問われて、武蔵は、口をつぐんだ。

「何故だ」

もう一度、九兵衛が訊いた。

しかし、武蔵は唇を開かない。

黙したまま、九兵衛の視線を受けている。

「何故だ?」

「敵《かたき》だからだ」

ぼそりと武蔵は答えた。

「敵?」

「壬生幻夜斎に、父を殺されたのだ」

武蔵の声が、堅くなった。

「なんと、ぬしの父を殺したのは、幻夜斎であったか」

「いや、敵には違いないが、おれが、あの男を殺したいというのは、もう少し違う――」

「違う? 何が違うのだ」

「よくわからん」

「──」

「うまく言えぬ」

「ふむ」

九兵衛が、小さく頭を掻いた。

「ただ、おれは、あの男に勝ちたいだけなのかもしれない……」

武蔵は、自分の胸の裡《うち》から、言葉を丁寧に拾い出してくるように、ゆっくりとそう言った。

「勝ちたい？」

「そうだ」

言った武蔵の身体が、微かに震えていた。

「どうした？」

それに気づいて、左門が武蔵に訊いた。

「わからん。あの男のことを考えると、時々こうなる」

「へえ……」

左門が、驚いたような声でつぶやいた。

しかし、左門の眼には、小さな微笑が浮いている。

「壬生幻夜斎と、どういういきさつがあったのかな──」

九兵衛が武蔵に訊いた。

「今言ったことだけだ」

短く、武蔵は言った。

その武蔵の顔を、九兵衛は楽しそうに見つめ、

「ふふん」

唇の端を、わずかに持ちあげた。

わずかに沈黙が生まれたそこへ、左門が声をかけた。

「ところで、さっきのおれの質問には答えてもらえねえのかい」

九兵衛に向かって言った。

「さっき?」

「だから、どうして、おたくが、こういうものを、おれたちに見せてくれたのかってことをだよ」

左門が言った。

「ここへ来る前に、言わなんだか」

「何をだ?」

「ぬしらに、頼みごとがあると――」

「頼みごと?」

「ぬしらは、金沢城へゆくつもりなのであろうが――」

「うむ」

「ゆくならば、ぬしらに頼もうと思っていることがあるのだ」

「何だ？」

左門が訊くと、九兵衛は、静かに首をめぐらせて、巨大な螺旋を眺めた。

「おそらくな、このようなものが、金沢城のどこかにあるはずなのだ。そして、それが、あの金沢城で、どう使用されているのか、それを調べてきてもらいたいのだ」

「ほう……」

「もうひとつ。これは、非常にむずかしい仕事になる――」

「どんな仕事だ？」

「金沢城の、皇王《こうおう》の首をとってもらいたい」

九兵衛が言った。

反応をうかがうように、左門の顔を見た。

「なに!?」

左門が声をあげた。

「皇王の首をとって、わしの前までもってきてもらいたいのだ」

沈黙があった。

低い、機械音だけが、その沈黙の中に響いていた。

「そのかわりに、あんたが、我々に何をしてくれるのだ」

左門が訊いた。

「地下を通って、城の近くまでゆける道はないかと、ぬしは言うておったな」

「ああ」

「それを教えてやろう」

「あるのか」

「あるから、教えてやると言うておる」

「そのかわりに、皇王の首か――」

「うむ」

「しかし、ゆくのはおれだけじゃない――」

左門は、武蔵を見た。

「どうなんだ、武蔵――」

武蔵に訊いた。

武蔵は、左門を見、九兵衛を見た。

「めんどうなことになるな」

武蔵が言うと、

く、く、

と、九兵衛が声をあげた。

「それなら、ぬしが、その仕事をやりたくなるような話をひとつ、してやろう──」

「なに!?」

「金沢城の皇王はな、壬生幻夜斎と同じよ──」

ぼそりと九兵衛が言った。

「同じとは？」

「皇王もまた、壬生幻夜斎と同じく、螺力を使うことができるということさ──」

「本当か？」

ふっ、と、武蔵の身体が緊張し、肉の中に、何かの力が張りつめたようであった。

「嘘は言わぬ」

九兵衛は、武蔵を見た。

「やつは、螺力の秘密のひとつを、有しているのだ」

九兵衛は、そう言って、武蔵の反応をうかがった。

「わかった」

　武蔵は、低くうなずいていた。

「皇王の首、おれがとろう——」

「よろしい」

　と、九兵衛は言った。

「金沢城までの道を、教えてしんぜよう」

　武蔵の胸を、右の拳でぽんと突いて、

「しかし、ややこしい道でな。せまい通路もくぐらねばならぬ。このでかい身体が通り抜けられるかどうか——」

「試してみるまでだ」

　武蔵は言った。

「だが、その道、果たして、本当に金沢城内部まで続いているかどうかはわからぬぞ。わしも、その道を最後まで、詰めて行ったわけではない——」

「それでも、近くまではゆけるのだろう？」

　左門が訊いた。

「城門の内側まではゆけよう」

「充分だ」

「ゆくのであれば、途中まではわしが案内をしよう。いろいろと、用意せねばならぬものもある――」

「用意を？」

「準備に、四〜五日はかかろうな」

「どんな用意だ？」

「いろいろとだ。場合によったら糞尿の中をくぐる用意も、しておかねばなるまいからな」

「糞尿だと？」

「そうだ」

九兵衛は武蔵を見、

「さらにもうひとつ、やっかいなことがある」

楽しそうに言った。

「なんだそれは？」

「蛟《みずち》一族の手をかりなければならぬ」

「なんだと。つまり、それは、矢坂《やさか》一族の前に、この金沢を支配していた蛟一族のことか」

「そういうことだな」

「まあ、おいおい話をしてやるわい……」

言った九兵衛を、武蔵は、奇妙なものでも見る目つきで眺めた。

「まったく不思議な爺さんだな。いろいろ、まだおれに隠していることがありそうだ。何故、皇王の首を持って来いというのか、それは教えてくれるんだろうな」

「持ってくればわかる」

「ふふん」

「もうひとつ、教えてやれることがあったわい」

「なんだ」

「皇王か痴玄《ちげん》──もしくはその両名も、飛丸《とびまる》という男と同じように、幻夜斎について、何か知っていることがあろう……」

九兵衛が、そうつぶやいた時、横手の壁にふいに、赤いランプが点《とも》って、点滅し始めた。

「ほう……」

それを見あげて、九兵衛が声をあげた。

「何なのだ?」

武蔵が訊いた。

「侵入者だ」

「何故だ」

「なんだと!?」

「一番最初の部屋よ。誰かが、扉の前でうろついておるらしいわ――」

九兵衛が言った時、小さな、低い音が、天井と壁に響いた。

「火薬を使ったか――」

暗い天井を見あげて、左門が言った。

「ちょっとやそっとのことでは、あの扉は破れぬわい」

「やつらが、ここまで追ってきたということか――」

そうつぶやいて、武蔵は、暗い天井を見あげた瞳を光らせた。

武蔵の脳裡には、あの、坊主頭の巨漢、カザフの顔が浮かんでいた。

二

つん、とした火薬の臭いのたち込める部屋に、五人の男が集まっていた。

天井から、裸電球がぶら下がって、床に、五人の男の影を落としていた。

灰色のコンクリートに囲まれた部屋であった。

コンクリートの壁のあちこちに、大小の亀裂が走っている。

そのうちの、一番太い亀裂をくぐって、この部屋に入ってきた男たちであった。

男たちの前に、鉄の扉があった。

五人の中に、並みはずれて身体のでかい男がいる。

カンフーズボンを穿いて、裸の上半身に革のベストを着た男だ。髪の毛が一本もない、坊主頭の男である。

カザフであった。

カザフの全身は、焼けただれていた。

見えている肌で、表面がまともな部分はひとつもない。

皮が、めくれ、肉が見えている。

その表面に、黒く焦げた皮膚が小さく縮んで張りついている。

焼けて、白っぽくなっている肉もあり、全身から、血を滴らせていた。

ぷっくりと不気味な水泡ができているのは、それでも程度の軽い場所であった。

ベストも、カンフーズボンも、焼けてぼろぼろになり、血で、カザフの身体に張りついている。

顔もひどい。

皮膚の下の、黄色っぽい脂肪の層がむき出しになっている。

左眼は、瞼《まぶた》がやけて、眼球がむき出しになっている。

その、むき出しになった左の眼球が、熱で煮えて、白く濁っている。

分厚い胸をせわしく前後させて、カザフは荒い息を吐いていた。

しばらく前に、ガソリンを浴びて、全身を炎に包まれたのだ。

普通の人間であれば、立っていられないだけでなく、死んでいるか、生きていても虫の息だ。

約束された死を待つだけの状態のはずである。

極端な不死身性の持ち主であった。

カザフの横に立っているのは、ぼろぼろの上下のスーツに身を包み、ネクタイをした男であった。

黒縁の眼鏡《めがね》をかけている。

左手に、カバンを下げていた。

その男は、鼻に、奇妙なマスクを付けていた。

金属製のマスクである。

後頭部にまわされた革のベルトで、その金属のマスクを鼻に固定してあるのである。

口はおおってない、鼻だけをおおうマスクである。その、ピラミッド状のマスクの頂点から、金属製の管が伸びている。その男は、カバンを持ってない右手で、その管の先端を握っていた。

管の先端に、聴診器の先にあるような、小さな漏斗《じょうご》形の金属が付いている。男は、右手の指に、その金属をつまんでいるのであった。

その男の横に立っている男は、右手に日本刀を握っていた。鉄の鎧《よろい》に、上半身を包んでいる。

その横に立っている男は、上半身が裸体であった。右手に、両刃の剣を下げている。

その横に立っている男が、一番異様であった。

半人半獣の男である。

胴が、牛であった。

白地に、黒い模様のある、ホルスタインの胴だ。

その、ホルスタインの、牛の頭が生えるべき首の部分から、人の上半身が生えているのである。

きちんと、両腕のある人の上半身だ。

人の皮で造ったものらしい、ベストをその上半身に着ていた。

背に、大剣を負い、左腕には、小さな楯《たて》を持っていた。

「片桐《かたぎり》、びくともしねえぜ——」

そう言ったのは、日本刀を持った男である。

「もともと無理だとは言ったはずですよ、オロクさん」

鼻にマスクを付けた、スーツの男が答えた。

「火薬を使いすぎれば、ドアは破壊できても、天井や壁が崩れてきて、もっとどうしようもないことになってしまいますからね」

マスクの男——片桐はそう言った。

「糞《くそ》、身体を動かしてねえと、身体中が痛くて、たまらねえぜ」

カザフが言った。

「あんたの力でも、あかないのか」

両刃の剣を持った、上半身裸の男が言った。

「さっきやってみせたろうが、ザジ——」

カザフが、そう言って、大量の赤いつばを吐き捨てた。

「いつもでかい口をたたいているわりには、だらしがねえんだな」

両刃の剣を握った男——ザジが言った。

「なんだと——」

カザフが、声を荒くした。

「いいぜ、勝手に仲間割れをして、人数が減ってくれるんなら、望むところだ」

半人半獣の、ホルスタインの男が言った。

「けしかけちゃ駄目ですよ、牛男《うしお》さん。やつらは手強《てごわ》いですからね。仲間割れは、やつらを倒してからでなければ——」

「ふん。闘わねえくせに、生意気なことを言うぜ、この男はよ」

オロクが、片桐に言った。

「わたしのこれがあったから、清松の後をつけて、九兵衛の居所がわかり、今だって、ここまで、彼らの後を追ってこれたのですよ」

片桐が、右手に握ったものを、ちょっと持ちあげてみせた。

「本当に、ここなのか」

ザジが言った。

「ここですよ」

片桐が、床に膝を突いて、床に、聴診器をあてるように、その漏斗形をしたものをあてた。

その漏斗形のものを、床の上で移動させせながら、ゆっくりと鉄の扉の方へ動いてゆく。

その扉の下の床まで、片桐は、漏斗形をしたものをすべらせてから、立ちあがった。

「間違いありませんね」

痩せた顔で、表情も変えずに片桐は言った。

「本当かよ」

ザジが言う。

「この追臭機は、犬の十倍の感知力がありますからね」

「たったの十倍かよ――」

「おやおや、知らないのですか。犬の嗅覚《きゅうかく》の十倍かもしれませんが、その犬は、いったい人間の何倍の嗅覚を持っているのか知っているのですか」

「知るかい」

「およそ、十万倍ですよ」

「なに⁉」

「ですから、この追臭機は、人間の百万倍の臭いの感知力があるのです」

「けっ」

ザジが声をあげた。

「とにかく、ここに、灯りが点《つ》くようになってるんだ。あの爺いが、ここを使ってるってのは、間違いねえだろうよ」

オロクが言った。

「糞！」

カザフが、きりきりと歯を嚙んで、足踏みをした。

「い、痛え。ひりひりしやがるぜ。気が遠くなりそうだ。早く、やつらをぶっ殺して、医者の所へ行かなけりゃならねえってのによ」

「それなら、ぶっ殺す前に、あの九兵衛ってのに、治療させるさ。やつは、この香林坊の地下で、病人や、怪我人の面倒もみてたってことらしいからな」

オロクが言った。

「とにかく、この鉄の扉をなんとかしなければいけませんね」

「さっきは、ネズミが出てきて、また、そのネズミの相手をさせられるのはごめんだぜ」

オロクが、言った。

「だいじょうぶでしょう。ここには、ネズミの臭いはありませんから――」

片桐は言った。

片桐が、カバンを床に置いて、追臭機をはずした。

カバンを開いて、追臭機を、細い指で、丁寧に中へしまい込む。

「さて、どれを使うことにしましょうか――」

カバンの中から、小さな、万年筆に似たものを取り出した。

「何だ、それは――」

牛男が訊いた。

「レーザー・メスですよ。出力を最大にすれば、鉄だって、焼き切ることができますが、この扉の厚さ次第では、時間がかかるでしょう」

「もっと、手っとり早いのはねえのかよ――」

カザフがそう言った時、ふいに、灯りが消えていた。

ふっ、
と、突然の闇の中に、人が動いた時に生ずる風が動いた。
ひゅん、
ひゅん、
と、金属が大気を裂く音がして、刃物が人の肉を断ち割る音が闇の中に響いた。
ざあっ、
と、生あたたかいものが、大量に床にそそいだ。
人が、地に倒れる鈍い音が、ふたつ、あがった。
もの凄い血の臭いが、その部屋に満ちた。
さすがに、声をあげる者はいなかった。
声をあげれば、その声目がけて攻撃を受けると知っているのである。
べちゅっ、
と、何かが破れてつぶれる湿った音がした。
天井のコンクリートに、何かがぶつかった音であった。
ぱあっ、と、天井から光がその部屋にそそいだ。
天井に、透明なプラスチック状のものが張りついていて、それが光を放っているのだった。

衝撃を与えると、プラスチック状のものの内部で、二種類の液が混ざり合い、光を放つようになっているらしい。

それを、天井に投げつけた片桐が、部屋の隅に這《は》いつくばって身を潜《ひそ》めていた。

別の隅には、カザフが立っていた。

もうひとつの隅には、牛男が立っていた。

倒れているのは、ふたりであった。

床に、ザジが仰向けに倒れていた。

頭部から、胸までを断ち割られて、距離のひらいた眼と眼が、天井の灯りを睨《にら》んでいた。

その割れた傷から、血が、どくどくと床にあふれ出ていた。

ザジの横に、オロクが倒れていた。

うつ伏せであった。

その後頭部に、深々と金属の針が刺さっていた。

しかし、部屋には、他の人間の姿はなかった。

部屋の外、コンクリートの割れ目のむこうから、声がした。

「よう、出てこいよ」

武蔵の声であった。

部屋から洩れる灯りに照らされて、武蔵と左門が、そこに立っていた。

「続きをやろうぜ、カザフ――」

武蔵が言った。

「てめえ、どこから出てきやがった」

カザフが言った。

「悪いな。あんたらのような連中がやってきたりするかもしれないってんでな、持ち主があちこちに、出入口を造ってるんだ」

武蔵が、言った。

武蔵は、背に、剣を差している。

その剣をまだ抜いてはいない。

微笑を溜めて、カザフを見ている。

ぐぐっ――

と、カザフが喉《のど》を鳴らした。

ただれた唇を、めくりあげる。

白く濁った左眼が、じりじりと動いて、武蔵を睨んだ。

「だいぶ、見られる面《つら》になったな。もともと、女が寄ってくる面じゃないんだ。見てたいくつしない面になった分だけ、よかったじゃないか――」

武蔵が言うと、カザフは、分厚い右手で、ずくずくの顔を撫《な》で下ろした。

「い、痛え──」

身体に力がこもったらしく、カザフの全身から、じくじくと、血と膿《うみ》の混じった液体が滲み出てきた。

顔がぬるぬるになる。

呻《うめ》いた。

「は、始めようぜ、始めねえと、痛くてたまらねえ」

カザフが、足を、一歩前に踏み出した。

「やめろ、カザフ──」

半人半獣の男──牛男が言った。

「その狭い割れ目から出る時に、攻撃されるぞ」

「へっ、わかってらあ」

と、カザフは、無造作に足を踏み出しながら、笑った。

「こうするんだよ」

言いながら、カザフが、身体をぶつけていったのは、割れ目の横の壁であった。

そこのコンクリートが、音をたてて割れた。

コンクリートの大小の塊りをくっつけたまま、錆《さ》びた鉄筋がむき出しになった。

その鉄筋を両手で握って、カザフは、おもいっきり手前に引いた。

凄い腕力であった。

錆びた鉄筋が、一部は折れ、一部は大きく内側に曲がった。

カザフほどの大男でも、素速く外へ出てゆくのに、充分なスペースが、そこにできた。

「片桐！」

と、カザフが叫んだ。

「天井にくっつけたやつを、もうひとつ、外にも投げておけ。こう暗くっちゃあ、せいせいと暴れることもできねえ」

片桐は、まだ、部屋の隅に身を潜めている。

「片桐！」

カザフがもう一度叫ぶと、片桐が、バッグの中から、手で握れば、ちょうど隠れてしまいそうな玉を取り出した。

「では、投げますよ」

片桐が、それを、投げた。

それは、カザフが造った壁の割れ目から外へ飛び、床に落ちた。

何かが、潰《つぶ》れる音がして、それが床にへばりついた。

そこから、ぱあっと青い光が放たれた。

「いいぜ」

カザフが、舌で唇を舐《な》めた。

嬉しくて、たまらぬという顔になった。

「退《さ》がれよ、武蔵。もうひとりの男もだ――」

カザフが言った。

「こっちは、剣も抜いちゃあいないんだぜ。見かけによらず、臆病なんだな」

武蔵が、笑いながら、後方へ退がった。

「ここらでどうかね」

一緒に退がった左門が、低く言った。

け、

け、

け、

と、鳥に似た笑い声をあげて、巣穴から出る灰色熊のように、カザフが外へ出た。

続いて、牛男が外へ出た。

牛男は、右手に両刃の剣を握っている。

左手には、楯を握っていた。

「牛男、てめえは、そっちの、細いのをやれ。武蔵はおれがやる」

カザフが、痛さと興奮とで、身体を小刻みに震わせながら言った。

「おれに命令するな、カザフ」

牛男が、太い声で言った。

「文句があれば、このふたりをぶち殺してからだ――」

そう言った牛男を、カザフの見える方の眼が睨んだ。

「そのあとで、おまえを殺して、こいつらの首を、おれがひとりでもらうことにしてもいいんだぜ」

「馬鹿！」

「うるせえ！」

カザフが、太い腕を、ぶん、と音をたてて振った。

それを、楯で、牛男が受ける。

牛男は、カザフの腕を受けて、こゆるぎもしない。

「いいか、そっちの男は、火をうまく使う。気をつけて相手をするんだな」

カザフは、そう言って、ベストを開き、そこから、先を尖らせた金属の棒を引き抜いた。

全部で、五本。

そのうちの一本が、カザフの右手に握られた。

「やろうぜ」

カザフが、つぶやいた。

つぶやいた時には、その一本を投げていた。

ぶん、

と、唸《うな》りをあげて、その金属の棒が、武蔵の顔面に向かって疾《はし》った。

同時に、もう一本の金属の棒を引き抜いてカザフが走り出している。

武蔵は、背から、剣を引き抜きざま、飛んできた金属の棒を、上から斜め下へ叩き落とした。

剣が、斜め下へ疾り、武蔵の上半身が空いた。

そこへ、さらに、次の金属の棒が、武蔵の顔面に向かって疾ってくる。

武蔵は、頭を沈めて、それをかわした。

その時には、カザフが眼の前に迫っていた。

剣を、そのカザフの胴に向かって、武蔵が下から跳ねあげてゆく。

ぎちっ、

音がした。

カザフが、右手首に巻いたセラミクロンのカバーで、武蔵の剣を受けたのである。

「無駄だ。剣で、こいつは斬れねえ」

カザフが言った。

カザフの太い左脚が、武蔵の股間に向かって、下から跳ねあがった。

武蔵が、後方に飛んで、それをかわした。

カザフと、武蔵が向きあった。

「じゃ、首だな」

ぼそりと、武蔵が言った。

三

左門は、静かに、牛男と向きあったまま、立っていた。

床からの青い灯りが、下から、ふたりの姿を闇に浮きあがらせている。

「どうする。隣りはもう始まっちまったぜ」

左門が言った。

「死ぬのを、急ぐことはない」

牛男が、言った。

左門は、腕を組んだまま、牛男を見ている。

組んだ右手が、懐ろの中に入っているのを、牛男はその眼で見、

「火を、使ったっていいんだよ」

そうつぶやいて、前へ、動いてきた。

その時、左門の右手が動いていた。

懐ろから引き出された左門の右手から、金属光が疾った。

針であった。

その針が、牛男の眼に向かって宙を飛んだ。

ぢん、

と、音をたてて、針が、牛男の楯に突き立った。

顔に向かって飛んでくる針を、牛男が、その楯で受けたのだ。

楯を、のけた時、牛男の前から、左門の姿が消えていた。

左門の身体は、宙にあった。

宙から、楯をどけたばかりの牛男の顔へ、飛びかかってくるところであった。

左門の右手には、小刀が握られている。

「ぬおっ」

牛男が、楯で、再び顔面をかばう。

その楯の上に、左門の両足が触れた。

とん、
と、その楯を蹴って、左門の身体が宙にまた飛んだ。

その瞬間に、ふた筋の光が、宙を疾った。

左門の小刀と、牛男が右手にした剣が、互いに相手の身体に向かって動いたのだ。

左門が、また、床に降り立った。

牛男の、人の皮で造ったベストの裾が、大きく裂けていた。

「おしかったな」

左門が、つぶやいた。

牛男は、自分のベストをちらりと見やって、

「いいさ、そろそろ、新調しなくちゃいけなかったんだ。あんたを殺して、あんたの皮で、新しいのを造ることにするよ」

そう言った。

ふいに牛男が、蹄《ひづめ》の音をたてて、左門に向かって走った。

左門が、横へ飛んで逃げる。

横へ逃げ、走り抜けようとする牛男に、左門は横から攻撃をかけた。

その時、
しゅっ、
と、鋭いものが大気を裂く音がした。

「むうっ」

あわてて、頭を沈めた左門の右頬に、赤い筋が走っていた。

尻尾《しっぽ》であった。

牛男の尾の先に、刃物がしかけられていて、横から牛男を襲おうとする人間に、その刃物が飛んでくるのである。

また、牛男と左門は向き合った。

「おしかったな」

言ったのは、牛男であった。

「みんな、考えることは同じだ。横から、攻撃をかけようとする。それで、たいていはひっかかって、今のでやられちまうんだが、あんたは、運がよかった……」

「いろんなやつを相手にしてきてるんでね。おれも、色々と、手を考えてるのさ」

「どんな手を――」

　牛男が訊いた。

「へえ、まだわからねえのかい」

　左門が微笑した。

「あんたの左腕を、いただいちまおうって手さ――」

　左門が、左手を、宙に持ちあげて、軽く引いた。

「ぬがっ」

　牛男が声をあげた。

「わかったろう。いま、あんたの左腕に、セラミクロンの糸を巻きつけたんだ。二〇ミクロンの細さのね――」

　左門が、強く、左手を引いた。

　どん、
　と、重い音をたて、楯ごと、牛男の左腕が、肘の上から床に落ちた。

　血が、音をたてて、床に注いだ。

「ががが っ！」

　逃げようとする、牛男の額に、飛んできた針が、根元まで潜り込んだ。

　眼と眼の間である。

痛みは、ほとんど、なかったに違いない。

何か、額のあたりがくすぐったくて、そのくすぐったさを振り払おうとでもするように剣を握った右手を、牛男は持ちあげた。

そのまま、牛男は、床に横倒しになった。

眼を開いたまま死んでいた。

左門は、牛男の死を確認し、顔をあげて横手に眼をやった。

そこに、武蔵とカザフがいた。

「おい、手伝おうか――」

左門が言った。

「楽しんでるんだ。手伝いはいらんよ」

武蔵が言った。

武蔵は、大きく、剣を上段に持ちあげた。

その時、武蔵に向かって、飛びかかろうとしていたカザフは、足を止めていた。

右手に、金属の、短い棒を握っている。

「それが、最後の一本だろう?」

武蔵が言った。

「ふん」

カザフが、唇を舐めて声をあげた。

「来いよ。隣りもすんだんだ。これでお終《しま》いにしようぜ」

武蔵が、さらに高く、頭上に剣を持ちあげた。

武蔵の全身に、強い気が満ちていた。

それが、武蔵の肉の内側から、眼に見えない光を放っているようであった。

武蔵の前面が、がらあきになっている。

「ふひい」

カザフが、頭から突っ込んでいった。

「ぬん！」

武蔵が、おもいきり、剣を打ち下ろしていた。

カザフが、左手首のセラミクロンで、武蔵の剣を受けながら、金属の棒を投げた。

それが、武蔵の右耳の横を疾り抜ける。

「ひっ!?」

と、カザフが、眼を中央に寄せた。

自分の、眼と眼の間にあるものが不思議で、それを見ようとしたのだ。

それは、武蔵の剣であった。

武蔵の剣が、カザフの頭部から、眼と眼の間まで断ち割っていたのである。

次に、カザフは、床を見た。
そこに、手首がひとつ、転がっていた。
セラミクロンを巻いた、カザフの左手首であった。
そのセラミクロンごと、武蔵の剣が、カザフの手首と頭部を割ったのだった。
「むぶぶっ」
カザフが、血しぶきと共に声をあげ、武蔵の両手首を、右手で握った。
それを上へ持ちあげてゆく。
凄い腕力であった。
カザフの頭部に潜り込んでいた剣が、ゆっくりと上に持ちあがってゆく。
化け物じみた不死身性を持った男であった。
ついに、その剣が、頭部から抜けた。
「凄いな」
と、武蔵がつぶやくと、
「へへ――」
にっ、とカザフが微笑した。
微笑したまま、カザフは仰向けにぶっ倒れた。
カザフは死んでいた。

「もうひとり、いたな」

　武蔵が言った。

「そこだよ」

　左門が、割れたコンクリートの壁の下を見やった。

　コンクリートの塊りが散らばっている床に、黒い影がうずくまっていた。

　汚れたスーツ姿の男であった。

　その男が、土下座をしているのである。

　両手を床のコンクリートに突いて、額を床に擦りつけている。

　その男の頭の先に、黒いカバンが置いてある。

　片桐であった。

　武蔵と左門が、片桐の前に立った。

「お助け下さいまし――」

　片桐は、顔を伏せたまま言った。

「おれたちの首をねらってきた賞金稼ぎなんだろう。賞金を独り占めにできるいいチャンスだぜ」

　左門が言った。

「賞金稼ぎは賞金稼ぎでございますが、腕力の方はまるでないもので、賞金稼ぎの方々に協力してやり、わけまえにありつくというのが、わたくしの商売でございまして——」

「ほう」

「賞金稼ぎの皆さまが、亡くなられた今となっては、もう、わたくしの仕事はなくなりました。つきましては、生命をお助けいただいて無事にこの場をひきはらわせていただきたく、こうしてお願い申しあげているわけでございます」

「へえ」

「おふたりの生命をねらう人間たちに加担しておきながら、まことに勝手な申し出とは思いますが、わたくしは、虫でございます。虫なれば、わざわざここでお手にかけずともよろしかろうと思いまして——」

「あんたは、直接手を出さねえのかい」

「出しません」

「本当に？」

「正確に申しあげるなら、出すこともございます」

「どういう時に？」

「正直に申しあげます。今回のケースで言えば、あなた方おふたりが生き残ったとして、おふたりとも深手を負っておられた場合でございます。つまり、わたくしごとき者でも勝てるほどに、相手が傷を負っておられれば、申しわけありませんが、ありがたくお生命をいただいて、首を頂戴《ちょうだい》するというわけで――」

「逆の場合は？」

左門が訊いた。

「逆の場合と申しますと？」

「おれたちが殺されて、あのふたりが虫の息だった場合だよ――」

「それは、ふたつ、ケースがございまして――」

「へえ、どういうケースなんだい」

「それは、ひとえに、誰か見ている者がいるかどうかということにかかってまいります」

「見ている者がいれば？」

「いれば、殺すわけにはいきません――」

「いなければ」

「そういうチャンスを逃しては、一生後悔することになりましょうから、泣く泣く、仲間を、できるだけ楽に死ねる方法で殺し、わたくしひとりが賞金をいただくということになります」

「正直な男だな」

「はい」

片桐は、ようやく顔をあげた。

「いつも正直にしておりませんと、肝心な時に失敗をいたしますので」

片桐は、丸い眼鏡をかけていた。

その、左側の眼鏡のレンズが割れてひびが入っている。

そのひびの向こうから、細い眼が、左門を見、武蔵を見た。

「失敗?」

「必要な嘘をつく時に、その嘘を信じてもらえません」

真顔で言った。

真剣なのか、どこかに冗談が混じっているのかわからない。

不思議な男であった。

「とぼけた男だ」

左門が言った。

「名は?」

武蔵が言った。

「片桐と申します」

怯えも、殺気も、その片桐からは感じられなかった。

自分の気配をうまく隠しているのか、それとも神経が図太いのか——

左門も、武蔵も、しかし、油断はしない。

武蔵は、まだ、剣を右手に握ったままだ。

左門も、右手に針を握っている。

「お願い申しあげます。虫ケラと思って、生命をお助け下さりませ」

片桐が、また、額を床に擦りつけた。

「おい、どうする?」

左門が武蔵に言った。

「おれは、こういうのは苦手だ」

武蔵は、言った。

左門を見、

「しかし、斬った方がいいな」

「うむ」

左門はうなずいて、片桐を見下ろした。

「おれは、おたくのような人間は好きなんだよ。しかし、この場所を、彌勒堂に知られるわけにはいかねえんだ――」

「お助けを――」

「おれも、これまで、人生についちゃいろいろ勉強させられてきたんだ。それで、わかったことがひとつ、ある――」

「何でございますか」

「悪いな。それは、おたくのような人間は、殺しておいた方がいいということなんだ——」

左門の右手が動いていた。

真上から、片桐の首に、針を投げ下ろした。

ぢっ！

と、その針が、下のコンクリートに突き立った。

正座して、土下座したままの片桐が、真横に動いていたのである。

シュッ、と、高圧のガスが、片桐の膝の下から、右に噴き出していた。

そのガスの反動で、片桐の身体が左に動いたのである。

いや、床の上に直接座していたと見えた片桐は、厚さが一センチもない小さな板の上に座していたのである。

その板が、コンクリートの上を横へ滑って動き、その上の片桐の身体が、一緒に横に動いたのであった。

すでに、土下座をしたまま、片桐は、右手にカバンを握っている。

「ぬうっ」

武蔵が、剣を手にして、片桐の動く方へ走った。

と——

片桐は、そのまま、方向を変えて、板の上に座したまま、後方へ走り出した。

左側の板の縁から、左にガスが噴き出し、それで左への動きにブレーキをかけ、同時に、ガスが前に噴き出したのである。

そのガスの反動で、片桐は、後方へ動いたのだ。

凄《すさ》まじいバランス感覚の持ち主であった。

わずかにしか、片桐の上半身は揺れなかった。

片桐の後方には、大きなコンクリートの塊りが、斜めに崩れ落ちている。

それが、闇の中に微かに見える。

武蔵が、片桐に追いついた。

武蔵が、片桐の上から、剣を打ち下ろそうとした時、片桐が、唇を小さく開いて笑った。

「む」

武蔵は、剣を打ち下ろすのをやめて、走る速度を落として、足を止めていた。

片桐が、カバンを開き、その中から黒い玉を取り出して、微笑しながら、それを武蔵の方に投げてよこしたからである。

〝爆発物か!?〟

一瞬、そういう考えが武蔵の脳裡を疾《はし》り抜け、ほとんど間を置かずに、

〝そうではない〟

との考えが疾り抜ける。

もし、爆発物であれば、武蔵だけではなく、片桐自身も、その影響を受けるからだ。

黒い玉を投げた片桐が、眼を閉じるのが見えた瞬間、武蔵と片桐との間で、まばゆい光が爆発した。

「ちいっ」

武蔵は、大きく横へ跳んでいた。

光で、視力を奪っておいて、次の攻撃があるかもしれなかったからだ。

攻撃はなかった。

闇に眼が慣れた時には、すでに、片桐の姿はなかった。

「逃がしたか――」

武蔵の傍に立った左門が言った。

「おかしな男だったな」

武蔵は、剣を握ったまま、低い声でつぶやいた。

四

その部屋の畳は、いつも新しかった。

新しい畳の匂いと、そして、香の匂いとがその部屋に満ちていた。

黒沈香《こくじんこう》――

仏典のひとつに、

〝その香、あまねく三千世界に薫《くん》じ〟

と記されている、白檀《びゃくだん》系の香である。

その香の中に、何かしら、人の意識をぞくりとすくませるような、微かな臭いが混じっていた。

血の臭いである。

その部屋において、何度も流された血の臭いが、柱や、天井や、部屋の構造物そのものに染《し》み込んでしまっているのであった。

いくら、血で濡れた畳を新しいものにかえようと、その構造物に染み込んだ血の臭いが、隠し香のように、部屋の空気の中に漂い出てきてしまうのである。

そして、もうひとつ、その部屋に溶けているものがある。

菊の匂いであった。

床の間がある。

その床の間に、水盤があり、その水盤に花が活《い》けてあった。

白い菊である。

その白菊の香りが、血と、黒沈香の匂いと溶け合い、その部屋独特の薫《かお》りを造り出しているのであった。

その床の間を背にして、皇王が座していた。

正座である。

皇王は、静かに膝の上に両手を置いて、眼の前に座った男から、報告を受けているところであった。

「すると、あの連中のほとんどが死んだということですね」

皇王が言った。

「はい」

皇王の前でそう答えたのは、ずんぐりした体軀の、白衣を着た男であった。

痴玄である。

「生き残ったのがひとりですか……」

「はい」

「片桐という男ですね」

「そうです」

「しかし、それで、彼らの居る場所がわかったことになりますね」

「それが、今日の午前中に、彌勒堂の者をやらせたのですが、途中で爆発があり、床や天井が落ちて、何人かが死にました――」

「ほう!?」

「とても、片桐という男の言った場所までは、たどりつけなかったということです。新たな瓦礫《がれき》を取りのぞいて、そこまでたどりつくのに、一週間ほどはかかるかと――」

痴玄は言った。

「彼らが、わざとやったということでしょう」

「わたしもそう思います」

「で、どういたしますか」

「計画の方なら、予定通りということです」

「一週間後ということで、よろしいのですね?」

「不穏分子の動きの方は?」

「今のところ、おさまっています――」

「必要があれば、殺してもかまいません。しかし、一週間後までは、死体は見つからぬよう、行方不明に見せかけなさい——」

「わかっています」

「城主にかわって、わたしが、この金沢の王となる日も近いでしょう」

「そうなれば、いずれは——」

「この金沢を拠点にして、天下を盗《と》るために、いよいよ動き出せるということです」

「はい」

「そのために、〝蟲《むし》〟の開発もやってきたわけですからね」

皇王の紅《あか》い唇に、微かな微笑が浮いた。

その微笑がすぐに消え、皇王の顔は、もとの表情のないものにもどった。

「天下を狙って動き始めるとなると、螺王の力を得た者が、その目的を達成できるということになりますね」

「はい」

「逆にまた、天下を得れば、螺王の力も自分のものになるということです」

「その通りでございます」

「大螺王が、京にあるにしろ、江戸にあるにしろ、少なくとも、まだ、京も江戸もその力を得てはいません。しかし、気になることがひとつあります」

「壬生幻夜斎……」

「そうです。天下をねらうとなれば、どこかにいるはずの幻夜斎を、いずれ、相手にせねばならなくなるでしょう」

「はい」

「幻夜斎め、先日は、みごとにやられました」

「飛丸のことでございますか」

「そうです。飛丸め、幻夜斎に何やら指示を与えられていたようです。はっきり、脳をいじくられていたようです。壬生幻夜斎の秘密を口にせねばならないような事態に直面したら、どのようにすればよいかとね──」

「幻夜斎、したたかでございますな。いずれ皇王さまと、相見《あいまみ》えることになりましょう」

「その時に勝敗を決めるのは、わたしとあの男と、どちらの螺力が勝《まさ》るかということでしょう」

皇王が、痴玄を見つめた。

痴玄が、身体をびくりとさせて、心臓のあたりを手で押えた。

「冗談はおやめ下さい」

切れ切れの声で、痴玄が言った。

皇王が、また、小さく、唇だけに笑みを浮かべた。

大きく痴玄が息を吐いた。

ほっとした顔で皇王を見、あらたまったように唇を開いた。

「皇王さま。申し遅れましたが、実は皇王さまに会いたいという男がおりまして、今、その男を、ひかえさせているのですが――」

「誰ですか」

「先ほど申しあげた、片桐という男でございます」

「ただひとり、生き残ってきた男ですね」

「はい」

わずかに考えてから、

「会ってみましょう」

皇王が言った。

痴玄が、ぽん、と手を叩くと、廊下を誰かが歩いてくる気配があって、その気配が障子戸の向こうで止まった。

「入りなさい」

痴玄が言うと、ゆっくりと、障子戸が横へ滑り、そこに、ひとりの男の姿が現われた。

黒いカバンを前に置いて、その男――片桐は正座をして、額を廊下に擦りつけていた。

「片桐でございます」

額を廊下に擦りつけたまま、片桐が言った。

「顔をあげなさい」

皇王が言うと、片桐が顔をあげた。

左のレンズが割れた眼鏡を、片桐はまだかけていた。

片桐は、鼻をひくつかせ、

「血の臭いがいたしますね」

皇王をみつめながらつぶやいて、小さく笑った。

第七章　腐人《ふじん》

一

そこは、異様な部屋であった。
窓がない。
部屋のどの方向を見ても壁、あるいは天井や床が、視界をふさいでいる。
暗い部屋であった。
しかし、異様というのは、窓がなくて暗いということではない。
異様であるのは、その部屋にあるおびただしい数のある模様——かたちのことである。
床にも、壁にも、天井にも、同じ模様が描かれているのである。
部屋中が、ひとつの模様で埋め尽くされていた。
螺旋模様である。

床は、黒光りする木の床である。

その表面に螺旋の模様が浮き彫りされている。

壁も、天井も、木の板で塞《ふさ》がれている。その表面にも、螺旋の模様が浮き彫りされているのである。

その螺旋の模様は、どれも同じではない。基本のパターンは、対数螺旋と呼ばれる螺旋である。しかし、その螺旋の半数近くが、その螺旋のパターンを対数螺旋から別の螺旋に変化させている。

輪を描くごとに、大きく螺旋を広げてゆくオウムガイの螺旋が、対数螺旋である。その螺旋が、途中でアンモナイトの描く螺旋に変化する。アンモナイトの螺旋——つまり、同じ太さの縄を巻いたような螺旋のことだ。

また逆に、アンモナイトの螺旋が、途中からオウムガイの螺旋に変化する。もしくは、そのどれでもない螺旋もあり、別の螺旋とつながり、からみあっている螺旋もあった。

大きさも不ぞろいである。

無数の螺旋が並ぶことによって、さらに大きな螺旋の模様を形造っていたりもする。

おびただしい数の螺旋が、そこにあった。

天井から、灯りが下がっている。

その灯りの笠は、オウムガイの殻でできていた。

その殻の中で、電球に灯りが点いているのである。オウムガイの殻の表面の模様が、薄闇の中に浮きあがっている。

そういう灯りは、四つあった。

しかし、部屋の内部は薄暗かった。

どの灯りも、充分な明るさを持っていないのである。

部屋の中央に、直接四枚の畳が敷かれていた。その四畳分のスペースを上から囲うように、四つのオウムガイの灯りが下がっているのである。しかも、その四つの灯りは、ゆっくりと、回転をしていた。

四つの灯りの回転速度は、それぞれに違っている。

暗い灯りが、ある時は重なり、ある時は離れ、部屋の天井、壁、床の螺旋に不定形の生き物に似た陰影を造っていた。

螺旋は、まだ、あった。

部屋の中央に敷かれた四畳の畳を囲んで、床の上に、オウムガイの殻が置かれているのである。

殻の、開いた口が、様々な方向に向いている。

そのオウムガイの殻の上にも、灯りの陰影が動いている。

四畳の畳の上に、ひと組の蒲団が敷かれている。

やはり、敷蒲団にも、掛蒲団にも、螺旋の模様が描かれていた。

掛蒲団が、ちょうど、人ひとり分ほど、上に盛りあがっている。

誰かが、その蒲団の中で眠っているらしい。

枕元に、数冊の本と、灯りの点いてないスタンドがあった。

そのスタンドの笠も、オウムガイの殻である。

枕元には、まだ、他のものも置いてあった。

一枚の盆である。

螺旋模様のある木の盆であった。

その盆の上に、濃い褐色の液体の入ったオウムガイの形状をした小壜《こびん》と、どうやらコップとして利用しているらしい小ぶりのオウムガイの殻が置いてあった。そのコップは、倒れぬように脚《あし》が取り付けてあり、殻の口は上を向いていた。

そして、水差しとして造られたらしいオウムガイの殻がある。コップのオウムガイよりは大きく、注ぎ口と、蓋《ふた》が、そのオウムガイの殻には付けてあった。

蒲団の中で眠っている人間とは別に、部屋にはもうひとりの人間がいた。

年齢は、五十代半《なか》ばくらいと見える男であった。

髪には、白いものが混ざっている。

ゆったりとした、紺の和服を着ていた。

蒲団の中で眠っている人間を、横から眺めるかたちに、枕元の畳の上に座していた。
正座である。
中肉中背と見えるが、どっしりとした、重みのある座り方をする男であった。
身には、剣など、武器らしいものは帯びてはいない。
男は、静かに畳の上に座して、眠っている人間を見つめているばかりであった。
部屋には、そのふたりの人間がいる他は、誰もいない。
部屋には、腐臭が満ちていた。
肉が、腐り、とろけ、死体がさらに死んでゆく時に放つ独特の臭いであった。
そして、血と、膿《うみ》の臭い。
さらに、微かな薬品の匂い。
静かな沈黙が、その臭いと共に、部屋を包んでいた。

おぐぐ……

低く、獣の捻りに似た声が、部屋にあがった。
蒲団の中で眠っている人間が、喉の奥で声を洩らしたのである。
すぐに静かになった。

しばらくまた沈黙があった後、

げぶぶ……

眠っている人間が、喉から口にかけて、湿った音をたてた。

掛蒲団が、上下に動いている。

眠っている人間の喉の奥から、口の中へ、何かがせりあがってくるらしい。

掛蒲団が、痙攣《けいれん》するように、数度、ひくついた。

おべっ

おべっ

何かを吐き出すような音が蒲団の中で響いた。

おべえっ

蒲団が持ちあがって、その人間が、掛蒲団をめくりあげ、上半身を起こしていた。

吐いた。

その人間は、口から、大量の、黒い、どろどろとしたものを吐き出した。

起きあがって、見えたその男の顔は、部屋よりも異様であった。

顔の全部に、包帯を巻きつけているのである。

眼と、鼻と口だけを残し、他が全て隠れるように、包帯が巻きつけてあるのである。

元は、白い包帯であったに違いない。

しかし、その包帯のほとんどは、赤黒いものと、黄色く濁ったもので汚れていた。汚れて、しかも湿っている。

血と、膿であった。

包帯のあらゆる場所から、じくじくと、血と膿が滲《にじ》み出している。

その包帯は、顔だけではなかった。

寝間着の襟《えり》や袖から見えている、首にも腕にも、その包帯は巻かれていたのである。

その人間が、蒲団を跳ねのけた途端に、部屋の腐臭が強くなった。

顔をそむけたくなるほどであった。

蒲団の上の人間の肉体から、全て、この部屋の腐臭は立ち昇ってきたものらしい。

「どうなされました、天心《てんしん》さま……」

座していた男が、身をのり出して、蒲団の上の人間に声をかけた。

「板垣《いたがき》か――」

口の中に、何かが残っているような、湿った声で、〝天心さま〟と呼ばれた蒲団の上の人間が言った。

男の声であった。

「どうなされました――」

板垣と呼ばれた男が、もう一度言った。

「夢を、見た……」

蒲団の上の男――天心が言った。

「夢!?」

「自分のはらわたが、腐れてゆく夢じゃ――」

「はらわたが」

「腐れたはらわたを、全て吐き出したと思ったのだが、夢であったか」

湿った声で、天心が言った。

矢坂《やさか》天心――初代矢坂重明《じゅうめい》から数えて、五代目の、金沢の国主である。

「お床と、包帯を替えさせましょう」

板垣が言った。

「よい……」

天心が首を振った。

「すぐに同じありさまじゃ」

天心は、視線を虚空《こくう》にさまよわせた。

その眼の中に、狂気の色が見てとれる。

「どうじゃ、板垣」

「はい？」

「わしの生命、あと、半年か、それともあとひと月か――」

「何を申されますか。長く生きるべき生命も、気力が萎《な》えましては、縮むことになりましょう」

板垣が言うと、天心は、声に出さずに笑った。

しばらくの沈黙の後に、板垣が、天心に向かって頭を下げた。

「天心さま――」

額を、畳に押しあてる。

「何だ」

天心が、板垣に顔を向ける。

ゆっくりと板垣は顔をあげた。

「いつぞやのお話、ご考慮いただけましたでしょうか」

「何であったかな」

言った天心の包帯の顔に、暗い、螺旋の灯りの模様が動いている。

「蛇紅《じゃこう》のことでございます」

「おう、あのことか」

「蛇紅を殺すことを、わたくしにお命じ下さいませ」

「板垣、おまえ、あの男が、まだ、わしの生命をねらっていると思うておるのか」

「はい」

「板垣、あの男の螺力は、わが螺力よりも遥かに上ぞ。あの男がどのくらいの螺力を持っているのか、わしには見当がつかぬ」

「――――」

「あの男が、わしを殺そうと思えば、螺力で殺すこともできる。誰が殺したかもわからぬようにな」

「しかし、天心さまが、このお部屋におられる限りは、あの男の螺力も、乱れて天心さまには届きませぬ」

「わしとて、常にこの部屋の中におるわけではないぞ」

「もし、原因不明のことで、天心さまにもしものことがあらば、あの男は、自分が疑われることを知っております」

「それで、螺力を使わずにわしを殺そうというわけか」

「はい」

「しかし、この病い、いずれ、遠からずわしは死ぬ身ぞ。そのわしを、何で殺す必要がある？」

「いえ。そのご病気そのものが、あの男がなした技であろうと思われるということでございます——」

「証拠は？」

「ございません」

答えた板垣の顔を見つめ、

「あの蛇紅が、この金沢にやってきたのはいつであったか？」

天心は言った。

「十一年——十二年になりましょうか」

「蛟《みずち》の一族を、この金沢から追いはろうたは、やつぞ」

「承知しております」

「あの男に、彌勒堂《みろくどう》を預けたら、ほんの一年あまりで、蛟をかたづけおった……」

「はい」

「今は、〝蟲《むし》〟の件も、やつにまかせておる」

言った天心が、右手を口にあてた。

げべべ、

天心の口から、黒いどろどろとした、異臭を放つものが、また吐き出されてきた。
強い、酸っぱい匂いが、部屋に広がった。

「天心さま、蛇紅が、今、彌勒堂の者に、自分を何と呼ばせているかごぞんじでおられますか――」

「ほう、何と呼ばせておるのじゃ」

「皇王と、あの男は、自分のことをそう呼ばせておるのです」

「そのことであれば、承知しておる」

「承知？」

「いつであったか、あの男がここへ来て、彌勒堂の者が、勝手に自分のことを皇王と呼ぶのをやめさせてもらえぬかと言う」

「――」

「皇王とは、もともと、彌勒堂を支配する者の呼び名よ。代々、金沢の国主である人間が、その皇王の名を持っていたが、場合によっては、その皇王の座を、他の人間に預けたりしたこともないわけではない。そのことは、おまえも知っていよう」

「しかし、蛇紅は、天心さまの代理として、彌勒堂を預けられている身分でございます。皇王の名まで、預けられたわけではございません」

「わかっておる。だから、それはまずいと、わたしは言った――」

「はい」

「向こうが勝手に呼ぶにしろ、それはまずいとな。皇王でない者を、皇王と呼ばせるわけにはいかぬ。だから、わしは、あの男を正式に皇王の座につかせることを、決心した――」

「いつでございますか!?」

「十日ほども前であろうか」

「辞令を出されたのですか」

板垣の声が高くなった。

「まだ、出してはおらぬ。明日の評議で、それが決まり、出されることになるであろう」

「わたくしは、そのようなこと、本日まで知りませなんだ」

「そのことなれば、川端《かわばた》が承知しておる」

「川端が」

「そうじゃ。板垣よ。おまえは、おまえの仕事のことをしておればよい」

「はい」

「おまえの仕事は、壬生幻夜斎を捜し出すことじゃ――」

「そのことであれば、手配はしております」

「そのことは、蛇紅も知らぬ」

「はい」

「わしは、死にとうない」

天心は、そう言って、また、黒いものを吐き出した。

「もし、わが生命を助けることのできる者あるとすれば、それは、壬生幻夜斎――」

天心は、虚空を睨み、その男の名をつぶやいた。

その視線を落とし、生臭い溜息を吐いた。

「吐き過ぎたか……」

天心が、自分の両手を睨んで、つぶやいた。

その両手も、天心の胸も、天心自身が口から吐き出した黒いもので、ねっとりと濡れていた。

「この黒いもの。そもそも、これは、わが血よ。わが血が、病いによって腐れ果てたものじゃ――」

天心は、顔をあげて、板垣を見た。

天心の呼吸が荒くなっていた。

犬のように口を開き、黒く変色した舌を見せて喘《あえ》いだ。

「女じゃ」

天心は呻《うめ》いた。

「今夜の女がおろうが。その女を呼べい」

「はい」

板垣が立ちあがった。

板垣の背後が、螺旋模様の刻まれた、板壁になっている。

その壁に、板垣が手をかけて横に引くと、壁が横にスライドした。

壁のその部分が、引き戸になっているのである。

板垣が、部屋の外へ姿を消した。

ほどなく、板垣がもどってきた。

白い服を着た女を連れていた。

年齢は、二十歳前後と見える。

長い髪を、背の方に垂らしている。

その女の顔が青《あお》ざめていた。血の気が失《う》せている。

「よろしくお仕《つか》えするように——」

板垣が言った。

女は、白い顎《あご》を、下に引いて小さくうなずいた。

二

女の身体が、小刻みに震えていた。

女が、極度の緊張状態にあるのがわかる。

女は、床に正座をした。

「よろしくお願い申しあげます」

頭を下げた。

それを、天心が見つめている。

顔をあげられずにいる女をそこに残して、板垣は、その場を去ろうとした。

「去《い》ぬるには及ばぬぞ、板垣――」

天心が言った。

板垣が、半身になった形で足をそこに止めていた。

「見てゆけい。たまにはな。その方が、わしも昂《たか》ぶる……」

「わかりました」

板垣は、その場に座した。

直接、板の床の上に正座をして、天心の寝床の方に、真っ直ぐ視線を向けた。

女は、まだ、顔を伏せていた。

「顔を上げよ」

天心が言った。

女は、身体を小刻みに震わせるばかりで、顔を上げようとしない。

女を見つめる天心の瞳の中に、狂気が育ってゆく気配があった。

「顔を上げよ」

もう一度言った。

女は答えない。

それを、天心が見つめている。

ふいに――

ふわりと、女の髪が、上に持ちあがった。

まるで、見えない手が、女の髪を握って、女の顔を上に向かせようとしているかのようであった。

女が、顔を上げた。

怯《おび》えきった表情をしている。

二重《ふたえ》の眼をした女だった。

瞳は、黒く、大きい。

女の髪が、まだ上に持ちあがっている。

「好みの女ぞ」

天心が言った。

「来《こ》よ」

天心が女を呼んだ。

女は動かない。

「来よ」

天心が言うと、上に持ちあがっていた女の髪が、天心の方に引かれていた。

その力に操られるように、女は膝で床を動き、天心に近づいた。

女の膝頭が、天心の床に触れたところで、女は前へ動くのをやめた。

いきなり、天心の右手が動いて、女の左腕を握っていた。

女が声をあげた。

悲鳴に近い声だ。

「来よ」

強く、右手に握った女の左腕を引いた。

女が、床の上に上半身を起こした天心の上に倒れ込んだ。

その女を、天心が抱え込んだ。天心の左手が、八つ口から、女の胸へ潜り込んでいる。

女が、唇を噛んで眼を閉じた。

天心が触れた、女の白装束の上に、天心の指の跡が残っている。

血膿《ちうみ》の跡だ。

もがくように、女が、天心の身体に手をやって突っ張った。

天心が身につけていた寝間着の合わせ目が、大きく開き、天心の両肩が露わになった。

「くふふ」

天心が声をあげて、女の服を脱がせてゆく。

白装束を脱がすと、女は、その下に何も身につけていなかった。

女は、天心が手を放しても、逃げなかった。

覚悟を決めたように、女は仰向けになって眼を閉じていた。

天心も、寝間着を脱ぎ捨ててゆく。

立ちあがり、天心は、寝間着を足元に脱ぎ落とした。

天心の全身が、包帯で覆われていた。

その包帯が、血と膿でずくずくになり、内部から滲み出てくるもので、いやな色になっていた。

包帯で覆われていないのは、眼と、口、そして、股間のみであった。

天心の股間から、巨大なものが、大きな反《そ》りを持って、前に突き出ていた。

それは、幼児の、肘から握り拳までの長さと太さがあった。

不気味なほどに生気を孕《はら》んで、それは、何かの肉の凶器のようであった。

「おう、立っておるわ、立っておるわ」

天心が声をあげた。

「身体は腐れ果てようと、こいつばかりは、ますますいきりたっておるわ」

天心のその声のトーンが高くなっている。

「眼を開けよ、女――」

女が、やっと眼を開ける。

すでに、女の髪は持ちあがってはおらず、夜具の上に、放射状に広がっていた。

「見よ」

天心は、自分のそれを右手で握った。

ほんとうに硬そうであった。

くか、
くか、

と笑いながら、天心は女を跨《また》いだ。

その姿勢のまま、天心は、女の腹の上に尻を乗せた。

自分の太股の間にある女の右の乳房を、左手で握った。

白い弾力のある乳房のかたちが歪む。

左手で、乳房をこねた。

女は、開いた眼を、また閉じていた。

「女」

天心が、乳房を握っていた左手を放した。

その左手を、女の頭の下に差し込んだ。それを手前に引いて、女の顔を上に向けさせる。

膝で、天心は前へ移動し、女の乳房の上に乗った。

「口を開けよ」

天心が言って、女の赤い唇に、右手に握ったものの先端を押しあてた。

「咥《くわ》えよ。咥えよ――」

女が、顔をそむけようとする。

それを天心の右手が押える。

無理に、いきりたった肉の凶器を、女の唇の内部に潜らせた。

さらに進入しようとするそれを押えようとするように、女は、両手を天心の腰にあてた。押した。

その部分の包帯が、女の手に押されて大きくずれていた。

肉が、見えた。

ピンク色のきれいな肉だ。同時に、黒く変色した皮膚と、そこからじくじくと滲んでくる、黄緑色の膿も見えた。

ピンク色の肉は、黒く変色した皮膚の内側の肉だ。それが、直接見えているのである。

天心の、反り返った肉の凶器も、皮膚のほとんどがむけて、肉の色が見えている。

天心が動くと、また、女の指にからんでいた包帯がさらにはずれてゆく。

女が、ついに、眼を閉じて、天心のそれを口の中へむかえ入れた。

天心が腰を使いだした。

「おう、よいわ……」

天心の頭部に巻かれていた包帯も、はずれ出してゆく。

血と膿のぬめりで、包帯が動くのだ。

「おう、肉は腐れても痛みはない。痛みが失《な》くなると、なかなか気持ちようはならぬが、おまえは舌づかいがたくみじゃ」

言いながら、天心は、快美感に悶《もだ》えるように、身体に巻きついた包帯をほどき出した。

ほどくといっても、ぬめりを利用して包帯をずらしてゆくと言った方がいい。

「おまえに、見せてやろう。真のわしの姿を見せてやろう――」

天心が、腰をつかいながら、指を、女の眼にあてて、瞼《まぶた》をこじ開ける。

女が、眼を開いた。

女が、悲鳴をあげた。

しかし、天心のものを咥えたままであるため、くぐもったものになった。

天心の顔の、半分以上が見えていた。

額に、白いものが見えていた。

溶け落ちた肉の下に、骨が見えているのである。

右頬が見えていた。本来であれば、頬肉があるはずのそこに、肉が失かった。唇が、耳の下まで開いているように見えた。

そこから、奥歯と、そして、頬骨までが見えている。

瞼がない。

両の眼球が、そのままの大きさでむき出しになっていた。

胸の肉も、薄くなっている。

ある場所では、筋肉がむき出しになり、また、ある場所では、肋骨《あばらぼね》が見えていた。

腹のあたりには、大きく穴があいていて、そこに、黄色い汁が溜まっていた。溶けた脂肪層であった。

「痛くないのじゃ。ここまでになっても、痛くないのじゃ」

天心が、頭部の包帯をさらにずらすと、頭部から、どろりとしたものが顔の上に流れ落ちてきた。髪の毛が混じっていた。

女が、首を左右に振っている。

逃《のが》れようとするが、天心が、強く頭部を押え、体重を乗せているために、女は逃れられない。

天心のそれは、まだ女の口の中に入ったままであった。

「おう。そうよ。歯じゃ。歯で、もっと強う嚙まぬか。嚙めい」

絶えだえの声で、天心が言う。

女が、首を、大きく横にそらせた。

ようやく、天心のそれが、女の唇からはずれていた。

はずれた途端に、その先端から、濁った黄色い液体が、女の顔へ、激しく叩きつけた。

精液とも、小便ともつかないものであった。

血が混ざっていた。

「おう、おう……」

どういう快美感が、天心を襲っているのか、天心は、女のように腰をよじって、顎をのけぞらせた。

「まだぞ……」

天心は、すでに、抵抗する気力の失くなった女の脚の間に割って入り、まだ、硬度を保っているそれを、女の中に突き入れた。

女は、むろん、濡れてはいない。

しかし、女のぬめりではない、別のぬめりで、天心のそれは、たやすく女の中に入っていった。

「よいか、これからじゃ。これからぬしを、気持ちようしてやるのじゃ――」

天心が言った。

天心の眼球が、女を見下ろした。

ふいに、びくん、と女の身体が痙攣した。

女が、眼を開いて、天心を見た。

その視線が、天心の眼にからめとられて、動かない。

「さあ、これで、おまえの魂は、わしのものぞ。おまえの肉を、底の底から、悦《よろこ》ばせてやろうぞ――」

言って、天心が動き出した。

女が、眉を、よせた。

何か、信じられないものが、自分の肉の内部に生じたためらしい。

その女の顔を見れば、女の肉の中に生じたものは、明らかな快美感とわかるが、女には、まだ、それが何であるかわかってはいないらしい。

天心が、動いた。

女の眼が、遠くにその焦点を遊ばせている。

女が、細い声をあげて、身をくねらせた。

「よいであろうが、よいであろうが――」

天心が言った。

女が、高い声をあげていた。

女は、左右に首を振った。

下半身を、獣に喰われているかのように、歯を噛み、身を押し揉んでいる。

想像を越えた快楽が、たて続けに女の肉体を高みへと押し上げてゆく。

「こんなに、こんなに……」

女が、意味のある言葉を言えたのは、それが最後となった。

女は、狂った。

顎をのけぞらせ、白い喉をさらして、身をくねらせ、尻を下から踊らせた。

女は、白眼をむいていた。

女の身体に、びくんびくんと、痙攣が疾《はし》り始めた。

その時であった。

いきなり、女の白い喉に、天心が顔を伏せた。

いやな音がした。

喉の肉と筋とが、歯で嚙み切られる音であった。

しかし、女は声もあげない。

ぞぶり、
ぞぶり、

という、いやな音が、螺旋の部屋に響いた。

女と交わりながら、天心が、女の喉から大量の血を啜《すす》っているのである。

天心が、血まみれの顔をあげた。

「甘露《かんろ》……」

呻くようにそう言って、天心は、再び、女の喉に顔を伏せていた。

第八章　甲竜《こうりゅう》

一

夏の風が吹いている。

渓《たに》の底から、斜面の樹々《きぎ》の梢を鳴らして吹きあげてきた風が、さらに斜面の上方へと吹き登ってゆく。

風に含まれている樹々の葉の匂いの中に、渓水《けいすい》の匂いが混ざっていた。

斜面を吹き登ってきた風は、眼で追うことができる。

風そのものが、眼に見えるというわけではない。

風に揺すられて、次々と葉裏を返してゆく樹々の梢を、風と共に視線で追ってゆくことができるということである。

そういう風を眼で追ってゆくと、視線は、青葉の斜面を駆け登り、山稜を越えて、青い天へと放たれる。

斜面を登った風は、天へ放たれた途端に、見えなくなる。

天へ駆けあがった風は、山稜よりさらに高い場所を、ゆっくり動いてゆく雲のエネルギーに、そこで変わってしまうもののようであった。

道は、はっきりとしたものではなかった。

草に埋もれた、獣道《けものみち》と間違うほどの細い道の時もあれば、獣道そのものである時もある。

左から、斜面が崩れ、道そのものが消えてしまっていたりもする。そうかと思うと、過去の道の残骸のような、斜めに大きく傾いたアスファルトが、土の中から顔を出していたりする。

異変の時以来、破棄された道であった。

場所によっては、道の頭上に、大きく青葉の梢がかぶさっていたりする。

標高は、一〇〇〇メートル前後であろうか。

場所によっては、白樺《しらかば》の林の中を、その道はくぐることもあった。

その道を、ゆっくり移動してゆく動物がいた。

奇妙な動物であった。

基本的には、亀である。

背には、甲羅《こうら》がある。

しかし、普通の亀とは、その体形がだいぶ違っている。

まず、大きさは、馬ぐらいはあろうか。

大きかった。

しかも、四足歩行ではない。人間のように二足歩行する亀であった。

後肢《あとあし》の二本が、特別に大きい。

さらには、尾も、太く、長かった。

歩く時に、その尾でバランスをとっているらしい。

亀――というよりは、二足歩行をする小型の恐竜に、甲羅をつけたようなものであった。

亀に比べれば、甲羅の部分がだいぶ小さかった。

首は、斜め前方に伸び、途中から、反りあがるように、垂直に上に伸びていた。

亀の甲羅には、金赤色の筋が入っている。

亀のゆるんだ皮膚には、オレンジ色と、緑色の模様がからみあっていた。

亀が、歩くたびに、その模様が動く。

その、亀の背に、ひとりの男がまたがっていた。

亀の甲羅の上に、鞍《くら》が置いてあり、その上に、その男はまたがっているのであった。

鐙《あぶみ》もあり、手綱もある。亀の口からまわされた手綱を、その男は手に握っていた。

のんびりと、夏の風の中を、男は、亀の背にまたがって進んでゆく。

下界《げかい》ほどは暑くない風であった。

爽《さわ》やかなその風が、亀の背の男の髪を、しきりと揺すっている。

細面《ほそおもて》の、鼻の尖った男である。

短パンを穿いている。

上半身には、素肌の上に、両袖を毟《むし》りとった、革ジャンパーを着ていた。

両腕の肘から手の甲にかけて、金属製と見えるプロテクターを付けていた。

足には、膝近くまである革のブーツを履いている。そのブーツの前面——脛《すね》から足の甲にかけては、腕の場合と同じような金属製プロテクターになっていた。

その金属は、一枚でできているのではなく、おおわれた腕や脚が自由に動くように、いくつかのブロックに分かれている。

男は、細い眼で、周囲を眺めながら、その亀の馬——甲竜《こうりゅう》を前へ進めていた。

異変前の呼び名で言う、高岡《たかおか》と岐阜を結ぶ一五六号線から、西側の山岳地帯に入った道である。一五六号線との分かれ道は、上平村《かみたいら》にある。

上平村から、草谷を登り、標高一一二七メートルの大獅子山《おおじしやま》と、標高一五七二メートルの大門山《だいもん》との間にあるブナオ峠を越えてゆく道であった。

今は、廃道になっている、その、道とは言えない道を、甲竜がゆっくりと進んでゆく。

ブナオ峠を越え、不動滝《ふどうたき》を過ぎて、もう少し下ったあたりである。

左手前方に、大門山から続く、多子津《たごつ》山、月《つき》が原《はら》山、赤堂《あかどう》山の山稜が見えていた。

男は、肩近くまである髪を、額に巻いた革のベルトで押えていた。

背に、両刃の剣を負っていた。

眼は、細い。

瞼の間に、鋭い刃物をはさんでいるような眼であった。

甲竜の足が、岩や、草の上を踏んでゆく。

露出した木の根につまずきもせず、甲竜の足には乱れがない。一見は、ゆっくり動いているように見えるが、その足の動きは、確実で、無駄がなかった。

道は、森を通り、草原《くさはら》の斜面を抜け、途切れ途切れに続いていた。

白樺の森を抜けて、広い草原の斜面になった。

異変の時に、谷に向かって大きく崩れ落ちた場所が、今は、草の斜面になっているのである。

大きくねじ曲がった、巨大な橅《ぶな》の老樹が数本、その斜面に生えている。異変の時に、土砂と共にいったん流されはしたが、流されたその場所に、また根を張って生きのびた樹である。

草の間に、若い樹が、何本も伸びてきているが、まだ、森にはいたってない。

周囲の森との境目には、それでも、かなり育った樹が天に枝を伸ばしているが、斜面全体は、まだ、草原と呼ぶのがふさわしい。

高く育った芒《すすき》や、オニシダが、斜面全体を埋めていた。

斜面の途中に、巨大な岩が、草の中から顔を出していた。

岩は、谷の方に、大きく傾いており、危ういバランスを保っているように見えるが、周囲の草の状態や、その岩の渓側に一本の橅の老樹が生えていて、それが、その岩を支えているらしい。それなりに、岩は、安定はしているようであった。

男は、甲竜を、ゆっくりと、その岩の方向に向けて進ませて行った。

と――

「おい――」

どこからか、声がかかった。

男の声であった。

しかし、どこからその声がかかったのか。

男は、気にも止めぬ風で、岩の方に向かって進んでゆく。

「おい」

また、声がした。

ふいに、岩の上に、三人の人影が姿を現わした。

「どこへゆく」

岩の上から、声がかかり、ようやく、男は甲竜を止めた。

甲竜の上から、男は、岩の上の人影を眺めた。

三人は、いずれも、男であった。

甲竜に乗ってきた男は、答えない。

無言で、三人の男たちを眺めていた。

「わざわざ、こんな道を選んで金沢に入ろうというんじゃ、まっとうな人間じゃねえな」

真ん中の男が言った。

その男が、一番背が高い。

Tシャツに、ぼろぼろのジーンズを穿いていた。腰に、日本刀を差している。

むかって、その男の右隣りの男は、上半身が裸であった。

頭が禿げている。

きれいに、髪が抜け落ちていた。

右手に、槍を持っていた。

左隣りの男は、長髪であった。

襤褸《ぼろ》の上着を直接素肌の上に着、もとジーンズであったらしき布は、あちこちが破れ、脚の肌が見えている場所の方が多かった。

その、三人目の男は、腰に、ホルスターを下げ、そこに、どうやら本物の拳銃が差し込まれていた。

「検問を避けて、この道を通ろうという連中は、たいていは、殺されても文句を言えねえ人間だぜ」

銃を持った男が言った。

「何者だ?」

真ん中の、長身の男が訊いた。

「九魔羅《くまら》――」

短く、甲竜に乗った男が言った。

「九魔羅?」

「そうだ」

「金沢へゆくのか?」

「ゆく」

「何をしにゆく?」

長身の男が訊いた。

甲竜に乗った男――九魔羅は答えない。

「言えないのか?」

「言ったら、おまえたち三人を殺さねばならなくなる」

声に、抑揚をつけずに、九魔羅は言った。

「なに!?」

銃を下げた男が、腰から拳銃を引き抜いていた。

銃口が、真っ直ぐに、九魔羅をねらった。

「ほう……」

九魔羅がつぶやいた。

銃を眺め、

「ほんとうに、そういうものを持っている人間が、まだいるとはな」

「言えなくたって、かまやしねえさ。有り金全部と、その甲竜をここへ置いて、もどるなり、金沢へ入るなり、好きにするんだな」

銃を持った男が言った。

「古い銃をつきつけられたって、怖くはないよ。偽物だってこともあるし、第一、弾《たま》をどうやって、手に入れるんだ？　手製の弾は、着火ミスはあるし、せいぜい、ハエが気絶する程度の威力しかないやつが多いんだぜ」

「なんだと？」

「これからも、生きて楽しく山賊をやりたければ、黙っておれを通して、次にくるやつをねらうことにするんだな――」

「てめえを死体にしてから、こっちの好きなものを手に入れたっていいんだぜ」

銃を構えた男は言った。

「見たところ、銃のあつかいにも慣れてねえな。子供が刃物を持つと、それで怪我をするように、火器のあつかいを知らない人間が、そういうものを持つと、怪我をするぜ。銃で、自分の身体を撃っちまった人間を、おれは何人か知っているんだ」

「てめえ」

銃を握った男は、唇の間から、堅く噛んだ歯を覗かせた。

「おもちゃで怪我をするのは、つまらないぜ——」

九魔羅は言った。

甲竜を、前に進ませた。

動いてくる九魔羅を、銃口が追ってゆく。

しかし、九魔羅は、もう、銃を見ていない。

「ちいっ」

男は、声をあげて、九魔羅の頭部に銃口を向けた銃の引き金を引いた。

かつん、
と、撃鉄の鳴る音がしただけであった。

「く——」

男は、不思議そうな顔で、自分が右手に握っている銃を見つめた。

「手製の、せこい弾丸を使ったんじゃないのかい」

甲竜の上から、顔をあげて、九魔羅が言った。

「む」

男は、銃を持ちかえて、銃口を覗き込んだ。

その瞬間――

銃声があがった。

銃口から、火煙が男の顔に叩きつけた。

男の右眼から弾丸が潜り込み、後頭部の四分の一をふっ飛ばしていた。

声もあげずに、男は岩の上から転げ落ちていた。

「だから、慣れないものは持つなと言ったんだ――」

九魔羅は、真面目な顔つきでそう言った。

「スロー・ファイヤーと言ってね。着火はしていても、すぐには弾が出ないケースが、そういうタイプの銃にはたまにあるんだよ」

「てめえ、何か、細工をしやがったな」

長身の男が言った。

「細工？　ここから、いったい何ができるって言うんだ？」

九魔羅は、涼しい顔で、そう答えた。

「ぬうう！」

長身の男は、歯を噛んだ。

ふいに、男は、跳躍をした。

宙に、男の身体が舞った。

男は、宙で剣を抜き放っていた。

「ぬええええええっ！」

男は、剣を両手で握り、上から落ちざまに、九魔羅の頭上へ、その剣を打ち下ろしていた。

がつん、

と、剣が、音をたてた。

金属に、刃がぶつかる音だ。

九魔羅が、左手を頭上に乗せて、手の甲を覆ったプロテクターで、男の剣を受けたのであった。

その時には、九魔羅は、背の剣を、右手で引き抜いていた。

宙でバランスを崩した男の腹に、その剣を、深々と突き立てていた。

男は、両手に自分の剣を握ったまま、草の上に、仰向けに落ちた。

「ふふん」

九魔羅の唇に、初めて、微笑が浮いた。

「次のやつを相手にするんだな」

そう言って、甲竜を前に進めようとした九魔羅は、途中で動きを止めていた。

草の中から、手が伸びてきて、九魔羅の、鐙に乗せた左足首をつかんでいたのである。

「捕まえたぜ……」

声がした。

草の中から、血みどろの顔が現われた。

その血の中で、ぎらついている左眼が、九魔羅を睨んでいた。

さっき、自分で頭を撃ち抜いて、岩の上から草の中に落ちた男であった。

強靭《きょうじん》な生命力であった。

「へへ」

腹を突かれた男が、草の中から上半身を起こして、九魔羅を見た。

「おまえたち、蛟《みずち》の一族か――」

九魔羅は言った。

二

渓《たに》の底を、道は、途切れ途切れに続いていた。

高い橅《ぶな》の森に覆われた道であった。

分厚く苔生《こけむ》した岩や石が、水辺に転がっている。その表面から羊歯《しだ》が生え、高い梢の間から落ちてきた陽光を受けて光っている。

その光の斑《まだら》模様はしきりに動いているが、羊歯の葉は動いていなかった。

森の上には風があって、しきりに橅の梢を揺らしているのだが、森の底には風がないのである。

冷たい、澄んだ水が、その苔生した岩の間を流れている。

流れは、幾筋にも分かれ、またひとつになり、滝や、大きな深い淵を造っていた。淵の色は、頭上の緑を映して、濃い緑色をしていた。

その流れを左に見ながら、ふたりの男が、水に沿って登っていた。

ひとりは、巨漢であった。

身長は、二メートルほどはありそうであった。しかし、痩せ型ではない。みっしりと肉が張っている。

よほどの筋力があるのか、重いその肉の量感が、軽々と動いている。
蓬髪《ほうはつ》であった。
伸びるにまかせた髪を、無造作に額からまわした布で縛っている。
岩を押し込んだような、分厚い胸をしていた。
その上半身を包んでいるのは、革のベストである。
素肌に、直接、そのベストを着ている。
太い首や、逞しい上腕が、そのまま外気にさらされている。
山と等質の量感が、その肉の内部に眠っているようであった。
ぼろぼろのジーンズを穿いていた。
靴は、スニーカーに似た革製である。
底は、ビブラム張りだ。
古いが、頑丈そうな靴だ。
そうでなければ、この男の肉の重さを支えきれないのだろう。
丈夫さと動き易さとを兼ね備えた靴である。
もうひとりの男は、長身で、痩せ型の男であった。バッタに似た肢体をしていた。
黒いTシャツを着、その上に、作業衣に似た上着を引っかけている。
その上着の袖を、肘までめくりあげている。

る。

筋肉質の腕であった。

無駄な肉が一片もない。

岩の間を歩いてゆくその動きは、どこか、飄々《ひょうひょう》としていて、たよりないようにも見える。

捕《と》えどころのない風貌《ふうぼう》をした男であった。

腰のベルトに、剣を差している。

短い日本刀であった。

他に、男が身につけているのは、黒いウェストバッグがひとつである。

ふたりの男は、どちらが先を歩くともなく、黙々と、その渓を登っていた。

武蔵と、来輪左門《くるわさもん》である。

武蔵は、背に、巨大な日本刀を負っていた。

戦場で、馬の脚を直接、骨ごと断ち切るために造られた斬馬刀《ざんばとう》を、さらにひとまわり大きくした剣であった。

小さな滝の横を登り終え、大きな岩の上へ出たところで、その時、先を進んでいた左門が立ち止まった。

すぐ後方からその岩の上に立った武蔵が、左門の横に並んだ。

「もう少しだな……」

左門が、上方を見ながらつぶやいた。

渓の上方は、下方に比べ、樹々の重なり具合が少し薄くなっている。

心なしか、見える空の量が増えているようであった。

「そうだな」

と、武蔵は低く答えて、岩の下の砂地に跳び下りた。

そこに膝をついて、足元を流れる水の上にかがみ込んだ。

両手を水の中に突き、澄んだ水に直接顔をつけて、水を飲んだ。

「蛟《みずち》一族の生き残りか……」

武蔵の背へ、小石のように、左門がその言葉を落とした。

水を飲み終え、武蔵が顔をあげた。

立ちあがって、太い腕で唇をぬぐう。

左門は、武蔵を見下ろし、

「しかし、蛟一族が、本当に生きているとはな――」

そう言った。

「九兵衛《きゅうべえ》の爺さんが、そう言ったんだ。生きているんだろうさ」

武蔵は言った。

三

蛟一族の名を、九兵衛が口にしたのは、三日前であった。

場所は、九兵衛の仕事場の一室である、コンクリートの壁に四方を囲まれた、小さな部屋であった。

その部屋の床に敷かれた絨毯《じゅうたん》の上に直接座って、話をしていた時である。

その時、その部屋にいたのは、四人の男たちであった。

武蔵。

左門。

九兵衛。

伊吉《いきち》。

その四人である。

武蔵と左門が、襲ってきた賞金稼ぎの男たちをかたづけてから、三時間後のことであった。

食事をしていた。

肉と、魚の缶詰を食べ、ビタミン剤を口に放り込むだけの、簡単な食事である。

唯一の贅沢《ぜいたく》は、口を開けたばかりの、外国産のブランデーが一本あったことだけである。最高級の品であった。

「しかし、たまげたものだな」

と、左門が、そのブランデーを、手にしたグラスの中で遊ばせながら言った。

「何がだ？」

九兵衛が訊いた。

「とんでもない仕掛けをしておくものだと思ってね。これで、ここへやって来るための通路は、きっちり塞がっちまったことになる」

左門は、つくづくと、周囲のコンクリートを眺めながら言った。

「独り暮らしをしていると、用心深くなるのだよ」

九兵衛はそう言って左門を見、

「ざっと、一週間から十日はかかるだろうな」

つぶやいてから、

「やつらが、人力で、瓦礫をどけながらここまで来るとするならな」

そう付け加えた。

「一週間か——」

「通路が塞がったかわりに、新しい通路ができたかもしれん。しかし、そっちの道を捜すにしても、同じくらいはかかろうさ」

「おれたちまで、出れなくなるということはないだろうな」

「心配はいらん。ここから外へ出るための道なら、まだ、ひとつふたつは残してある。心配なのは――」

九兵衛は、武蔵を眺め、

「――おまえが隠していた酒倉へゆく道も、崩してしまったのではないかということくらいよ」

そう言った。

武蔵は、小さく微笑を浮かべ、無言で、ブランデーのボトルに手を伸ばし、それに直接唇をつけて飲んだ。

大量の液体が、武蔵の喉に流れ込んでゆくのがわかる。

「馬鹿――」

九兵衛が手を伸ばして、武蔵の手から、ボトルを抜き取った。

「水のように飲むやつがあるか。おめえのような人間にそんな飲み方をされたらこの酒が泣くわい」

そう言って、九兵衛は、ボトルに口をあてて、武蔵と同じようにそれを飲んだ。

ボトルを口から離し、唇を右手の甲でぬぐってから、九兵衛は、大きく息を吐いた。

「まったく、おめえは、鷹揚《おうよう》なでかい図体をしているくせに、酒のことになると、急に意地が汚なくなる」

「それは、自分のことを言ってるんじゃないのかい」

武蔵が言った。

「ぬかせ、おぬしのことよ」

「そうは思えない」

「ふん」

九兵衛は、武蔵を見やって、また、ブランデーを飲んだ。

それを眺めながら、左門が微笑を浮かべている。

伊吉は、黙々と、缶詰の肉を食べている。

「しかし、そうすると、おれたちには一週間から十日の時間が残されていることになるな――」

左門が言った。

「金沢城へ、潜入するための時間か」

「そうだ」

「しかし、潜入だけではない。潜入は手段であって、目的は他にあるのではないか」

九兵衛が言った。

「皇王の首……」

武蔵が低くつぶやいた。

「それをここへ持ってくればよいのだろう？」

「そうだ。しかし、それは、わしの用むきよ。ぬしにはぬしの目的があろうが――」

「兎《うさぎ》の飛丸《とびまる》……」

武蔵がつぶやいた。

「……やつを捕えて、壬生幻夜斎の居所を訊かねばならない」

「おれは、すでに、欲しいもののひとつは手に入れた」

左門が、腰の、ウェストバッグに、右手をあてた。

そこに、伊吉の父である文三の手首が、手首に潜《ひそ》んでいる〝蟲《むし》〟の幼虫ごと入っているのである。

「もうひとつ――いや、もうひとりは、痴玄《ちげん》」

左門は、そう言って、横手の、伊吉に視線を疾《はし》らせた。

「その伊吉にも、目的はある」

伊吉の目的は、自分の妻である千絵《ちえ》の救出である。

しかし、伊吉は、口をつぐんだまま、黙々と、缶詰の肉を口に運んでいるばかりであった。

「それから、もうひとつじゃ――」

九兵衛が言った。

「わかってるさ。金沢城の地下に、どのような螺旋が置かれ、どのように作動しているのかを見てくればいいのだろう?」

「そうだ」

「しかし、いくら、この地下から城内に入る通路があるにしても、それだけのことを全てやるというのは、不可能だろうな」

左門が、グラスを揺らしながら、中の液体に向かって問いかけるように言った。

「そうだな」

ぼそりと、それを肯定したのは、武蔵であった。

「多少の妥協なら、してもよい」

九兵衛が言った。

「妥協?」

「皇王の首がむずかしければ、痴玄を捕えてくることで、間に合わせてもよいということよ」

「痴玄を――」

「うむ。生きた痴玄を捕えてくるなら、皇王の首と、金沢城の地下の螺旋分と引きかえにしてもよい」

「それはありがたいな」

「しかし、できることであれば、皇王の首が望ましい」

そう言った九兵衛の眼に、暗い光が宿っていた。

九兵衛を見つめていた武蔵が、

「何か、特別な事情でもあるのかい」

そう言った。

「ふふん」

九兵衛は、小さく声をあげただけで、武蔵の質問には答えなかった。

九兵衛は、また、ブランデーを飲み、ボトルを絨毯の上に置いてから、三人を見回した。

上からぶら下がった裸電球の灯りが、四人の男たちの顔を照らしている。

「金沢城の地下まで潜り込めたとして、問題は、まだある」

「——」

「金沢城の地下は、迷路になっておる。もともと、天然の洞窟が、あの城の地下には入り組んでいるのだが、それに、さらに人為的に手が加えられていてな——」

「ほう……」

左門が、グラスを遊ばせていた手を止めて、九兵衛を見た。

「上へゆくにも、下へゆくにも、横へゆくにも、道を知らぬ人間にはどうしようもない……」

「困ったな」

　言ったのは、武蔵である。

「さよう、困る」

　九兵衛は、開いていた唇をつぐみ、三人の男の顔を、交互に見やった。

「しかし、方法がないわけではない」

　九兵衛が言った。

「どのような方法だ」

　武蔵が訊く。

「蛟の一族よ」

「蛟族?」

「さよう。蛟の一族の者に案内をさせれば、迷路はなんとかなる」

「さっき蛟一族の手をかりねばならぬと言っていたのは、そのことか」

「うむ」

「何故だ?」

「今は、金沢城のあるその地下こそが、蛟の一族の棲《す》み家《か》であったからよ――」

「ほほう」

左門が、おもしろそうな声をあげて、手の中で、またブランデーを揺すり始めた。

「しかし、蛟の一族が、まだ生き残っているのか？」

武蔵が訊いた。

「いる」

九兵衛が言った。

「どこだ？」

「金沢の南東――」

「南東？」

「月が原山から赤堂山にかけての山麓のはずよ」

「ほう」

武蔵がつぶやいた。

「蛟……」

怯えた声で、呻くように言って、伊吉が眼を光らせた。

「どうかな、武蔵、左門。ぬしら、蛟の連中に会うてみる気はあるかよ」

九兵衛は、ふたりの反応を楽しむような眼で、武蔵と左門を眺めたのであった。

四
「腹が減ったな」

と、言い出したのは、武蔵であった。

細い、道とは言えない道が、渓をはずれて、斜面の上方へと向かう、その分岐の場所であった。

左手に、深い淵があり、道は、その淵を通り抜け、上の岩の横から、右手の斜面へと登ってゆくのである。

周囲を、橅の大樹に囲まれた淵であった。

「そう言えばそうだ」

左門が言った。

武蔵は、足を止めた。

武蔵は、そのまま、横手の淵に眼をやった。

青緑色をした水が、ゆるく下流に流れている。

少し上流では、岩の間から落ちてきた水が白く泡立って、その青い淵へ落ち込んでいる。

白い泡は、水中深くまで潜り込み、青い水の色と溶けて、淡い緑色を、淵と落ち込みとの境に造っている。

澄んだ、美しい水であった。

「干し肉でも喰うか」

武蔵の背に、左門が声をかけた。

武蔵は、小さく首を振って、

「魚にしよう」

そう言った。

「なるほど」

左門が、武蔵の横から、淵を覗《のぞ》き込む。

「しかし、武蔵よ、魚を獲《と》る手だてはあるのか――」

「ないことはない」

「鉤《はり》と糸でも持ってきているのかい」

「いいや」

武蔵が首を左右に振った。

「ならばどうする」

「これがある」

武蔵は、右手で、右の肩口から出ている、剣の柄《つか》に触れた。

「ほう、その剣で、水中の魚を斬るか?」

「斬りはせぬ」

「どうするか見てみたいな。失敗したら、おれが、かわって魚を獲ってやる」

左門が言った。

「へえ……」

武蔵が左門を見、

「あんたは、どうやるんだ?」

そう訊いた。

「色々と手はある」

左門はそう言って微笑した。

「おもしろいな」

武蔵が、左門を見つめながら、太い唇に笑みを浮かべた。

「比べてみるか、武蔵――」

「魚の獲り方をか」

「うむ」

「数を競《きそ》うか」

「それもよかろう」

「よし」

「どちらが先にやる?」

「どちら?」

「先にやった方が、数を競うのであれば得だぞ。魚が逃げぬからな」

「先にやってくれ。おれのは、魚が逃げてもかまわないんだ」

言った武蔵を、楽しそうに眼を細めて左門が見つめ、

「ならば、先にやらせてもらおうか——」

左門は、上着の内ポケットに右手を突っ込んで、歩き出した。

軽い足取りで、上流の岩の上にあがった。

左門は、下流を向いて、その岩の上に立った。左門の右足の横で、流れは、岩をかすめて下方の淵に落ち込んでいる。

左門は、いつの間にか、右手を内ポケットから出していた。

一見、だらりと下げているような右手の指が、静かに動いている。

その右手から、足元の流れの中に、何かを送り出しているように見える。

「武蔵——」

左門が、上から武蔵に声をかける。

「これから、魚が浮くはずだ。それを、下流で拾ってくれ——」

「わかった」

武蔵が、下流へ移動し、靴のまま水の中へ足を踏み入れた。

そこは、いったん、淵に溜まった水が、瀬となってさらに下流へ流れ出す場所であった。

川の水が狭まっており、浅くなっている。

そこに立った武蔵を見届けると、左門の眼が細められた。

「いるぞ、武蔵……」

左門の表情が、そのまま動かなくなった。

表情だけではない。

身体も動かない。

ふいに、下げた左門の右手の指が、小さく動き、手首が、

つん、

と浅く曲げられた。

「ひとつ……」

左門がつぶやいた。

青い、透明な水中で、白い銀光がきらめいて、それが、下流に向かって水中を流れてき

た。

武蔵が、それを水中から手で摑《つか》みあげる。

太い腹をした、山女魚《やまめ》であった。

腹に、山女魚独特のパーマークが入っている。

しかし、その山女魚には、頭部が失《な》かった。

鋭利な刃物で断ち切られたように、そこには、薄いピンク色の肉が見えているだけであった。

もし、その頭部があれば、三〇センチは楽に超えている山女魚であった。

山女魚の胴にわずかに遅れて、山女魚の頭部が水中を流れてきた。

片方の手で、武蔵がそれを拾う。

「たいしたもんだ」

武蔵は言って、その山女魚の胴と頭部を岸に放りあげた。

その時、また、左門の手首が動いた。

「ふたつ……」

今度は、腹で、前後に断ち切られた山女魚が流れてきた。それを武蔵がまた拾いあげて岸に放り出す。

「みっつ……」

「よっつ……」

「いつつ……」

左門が、つぶやいて、右手が小さく動くたびに、魚が浮いて流れてくる。

左門が使用しているのは、特殊加工されたセラミクロンの糸である。

太さは二〇ミクロン。

一ミリの五十分の一の太さの糸だ。

左門は、そのセラミクロンの糸で、三日前に、香林坊《こうりんぼう》の地下で、牛男《うしお》の腕を切り落としている。

その糸を、左門は右手で流れの中に送り出し、セラミクロンに触れた魚を、その糸で切り落としているのである。

セラミクロンに山女魚が触れる魚信《あたり》を右手の指先でとり、瞬時に糸を操作してのけるだけの技術がなければならない。

ほとんど神技に近い。

全部で、八尾の山女魚を、左門はその方法で獲った。

「こんなところでよかろう。きりがない。それに、魚の量を減らしてしまったのでは、おまえの分《ぶ》が悪かろう――」

左門が、右手の中に、水中に流していた糸を巻きとってゆく。

「おまえの番だぜ――」

岩の上から、左門が言った。

武蔵はうなずき、ゆっくりと、淵の上流に向かって歩を進めていった。

脛《すね》。

膝《ひざ》。

腿《もも》。

と、水位が上がってくる。

水が、腿まで来た場所で、武蔵は足を止めた。

軽く、足を前後に開いた。

背の剣を、右手でゆっくりと抜き、腰を落とす。

その剣を大きく振りかぶって、武蔵は大上段に構えた。

武蔵の眼が、少し先の水面を眺めている。

武蔵の視線が向いているのが、その水の表面であるのか、水中であるのか、遠目にはわからない。

いったん、大きく落ち込んで泡立った水が、澄んで、ゆるい流れになったあたりである。

武蔵は、動かない。

水を眺めている。

小さな波が、その水面に立ち、頭上の橅の青葉を映している。

動かない武蔵の肉の内部に、ゆっくりと何かが満たされてゆくようであった。

気だ。

強い気が、武蔵の巨軀の中に満ち、溜められてゆくのである。

その、溜まってゆく気を、武蔵が意志で押えている。しかし、押えられても、なお、気は増え、満ちてゆく。

すでに、武蔵の肉は、みっしりとその気で満たされていた。しかし、気は、さらにふくれあがり、武蔵の肉体の容量を超えようとしていた。

その気の圧力を、武蔵が力で押えつけている。

風船であれば、その内部に限界以上の圧力が満たされれば、割れてしまう。

しかし、武蔵は、それを押え込んでいる。

武蔵は動かない。

武蔵の頭上で、しきりと葉が揺れる。

と——

ふいに、武蔵が動いた。

剣が、真上から、水面に向かって打ち下ろされていた。

哼《フン》！


声でない呼気が、武蔵の閉じた唇と鼻から洩れた。

水飛沫《しぶき》もあげずに、武蔵の剣が、刃の幅だけ、水中に潜り込んでいた。

硬質のガラスに亀裂が疾《はし》るような、鋭い音が、大気に満ちた。

刃そのものは、水を切ったように飛沫をあげなかったが、武蔵を中心にして、半径三メートル余りの水面が、泡立つように飛沫をあげていた。

たちまち、武蔵の周囲に、ひとつ、ふたつと、魚が浮いてきた。

大きな山女魚も、小さな山女魚もいる。

剣を、背の鞘《さや》にもどし、

「こんなとこだな」

武蔵は左門を見てつぶやいた。

「へえ……」

左門が、感心した声をあげた。

武蔵が、水面を流れてくる山女魚を、大きめのを選んで拾いあげる。

山女魚は、まだ生きていた。

岸に放りあげられると、そのショックで息をふきかえすのか、そこで跳ねる。

「まいったな、おれより多い」

左門が言った。

「あんたがあのまま続けていれば、もっと数は増えたさ」

武蔵が言った。

何尾目かの山女魚を拾おうとした武蔵の右手が、そこで止まっていた。

「む――」

武蔵は、低く声を呑み込んだ。

山女魚の横に、別のものが浮いていたからである。

人の、左手首であった。

武蔵が、水中から、その手を拾いあげた。

「見ろ」

武蔵が、左門に向かって顔をあげた時、

「武蔵」

左門もまた、岩の上で声をあげていた。

武蔵は、何で左門が声をあげたのか、すぐに理解していた。

左門のすぐ足元から流れ落ちている泡立った水の白い色が、微かにピンク色に染まっていたのである。

血の色であった。

その色が、ふいに濃さを増した。

何かの塊りが、ピンク色の泡と共に、淵に流れ落ちてきた。

流れ落ちてきたそれは、半分水中に沈みながら、武蔵の方に向かって流れてきた。

武蔵が、それを、水中から両手で抱えあげていた。

人であった。

男だ。

人であり、男であったが、しかし、その男は、肉体の五分の一近くを失っていた。

右の肩口から、右脇にかけての肉と骨が、みごとに右腕ごと断ち切られていたのである。

しかも、左手首から先がなかった。

肺の中に、たっぷりと、水が流れ込んでおり、武蔵が抱きあげた時、その肺の中から、
赤く染まった水がこぼれ落ちた。

そいつの、閉じた唇から、ぷくりと、血の泡がふくらんだ。

「生きてるぜ……」

信じられないような声で、武蔵はつぶやいていた。

男の瞼が開き、眼が武蔵を見た。

何か言いたそうに、男の唇が動くが、しかし、言葉は出て来ない。

上流に、音がした。

重い音だ。

重いものが、水と石を踏みながら、下流に下ってくるのである。

「凄えのが来たぜ、武蔵」

岩の上で、後方を振り返った左門がつぶやいた。

その左門の向こうに、ぬうっと、姿を現わしたものがあった。

巨大な亀の首であった。

それは、滝の落ち口までやってきて、そこに足を止めた。

甲竜《こうりゅう》であった。

甲竜に、ひとりの男が跨《また》がっていた。

細面の、眼光の鋭い男であった。

九魔羅であった。

「そいつは、まだ生きてるかい？」

甲竜に跨がった男——九魔羅が、上から、下の武蔵に声をかけた。

「ああ、生きてるよ」

武蔵が言った。

「ならば、殺さなきゃならねえ——」

「殺す？」

「そうだよ」

「これは、あんたがやったのかい」

「まあね」

短く、九魔羅が答えた。

「何故、殺す？」

「そいつを生かしておいて、そいつの仲間に追われたくないんでね。あとで、おれの顔を仲間に報告されるのも困る。帰りも、この道を通りたいんだ」

九魔羅は、抑揚を殺した声で言った。

「あんたが、かわりに殺してくれるんでも、おれはかまわないよ」

「事情のわからないことで、殺しはできないね」

「ならば、おれがそこまで降りていって殺すよ」

九魔羅の鋭い眼が、武蔵を射た。

九魔羅が、甲竜に乗って、左門のいる岩を岸側にまわり込んでゆく。

岸に上がって、ゆっくりと下に降りてきた。

武蔵は、虫の息の男を、腕の中に抱えて、まだ水の中に立っている。

甲竜に跨がった九魔羅と、武蔵が、顔を見合わせた。

「まさか、邪魔をするなどという、とんでもないことはしないだろうね」

九魔羅は、真面目な顔で言った。

「武蔵、おれの加勢はあてにするなよ」

岩の上から、とぼけた声で、左門が言った。

武蔵は、左門の言葉に答えず、九魔羅の眼を見つめていた。

細い、針のような瞳が、武蔵を見ていた。

その視線から、武蔵は眼を離せなかった。

無造作に甲竜に乗っているだけの男が、視線をそらせた瞬間に、自分に襲いかかってくるかもしれなかった。

殺気はない。

ないが、そういう不安を、武蔵に抱かせる眼であった。

男は、鋭い眼で、ただ、武蔵を見ている。

それだけの眼が、殺気に濡れて光っている眼よりも、危険なものを感じさせた。

得体《えたい》の知れない男であった。

武蔵は、自分の足場を意識した。

膝近くまで、水につかっている。

この男と争うことになった場合、水につかっている分だけ、自分が不利であった。

男が、甲竜を降りて、水の中へ入ってくるなら五分と五分の闘いになるが、甲竜ごと水の中へ入ってきて、闘いになった場合は、相手に分がある。

「武蔵というのか、あんた――」

男が言った。

「あんたは?」

逆に、武蔵が訊いた。

「九魔羅だ」

「へえ」

答えながら、武蔵は、腰を浅く落とした。

闘いになった場合、今、腕に抱いているこの男を捨てねばならない。

この男を捨てるという動作のため、ひと呼吸、闘いが遅れることになる。

武蔵は、まだ、迷っていた。

事情のわからない、他人どうしの闘いである。

もともと、関わるつもりはない。

しかし、流れてきた男を、水の中から抱えあげたことで、ささやかな関わりができてしまった。

そして、抱えあげたその男は、まだ、自分の腕の中にいるのである。

放っておいても、死ぬかもしれない男である。

いや、常人であれば、とっくに死んでいる。

「その眼つきは、邪魔をするつもりなのかな――」

九魔羅が言った。

「迷ってるんだよ」

正直に武蔵は言った。

武蔵の手を、温かなものが濡らしている。

男の体内から流れ出てきた血であった。

「ふふん」

九魔羅が、笑った。

九魔羅の眼が、武蔵の腕の中の男を見つめていた。

「なんだ、もう死んでるぜ」

九魔羅がその言葉を、まだ言い終えないうちに、武蔵の腕の中で、男の身体が、
びくん
と、突っ張った。

ぐっと男の身体が硬直し、次の瞬間に、すぐに静かになった。

武蔵は、男から、九魔羅に視線を移した。

九魔羅は、薄い唇に微笑を溜めながら、武蔵を眺めていた。

「ほら、もう、死んでるだろう？」

九魔羅は言った。

言われるまでもなかった。

今、自分が抱いている肉体が、生きた人間のそれであるのか、死んだ人間のそれであるのかくらいはわかる。

「あんた……」

武蔵は、ゆっくりと、その死体を水の上にもどしながら、つぶやいた。

九魔羅から視線は離さない。

「……何をした？」

「何も」

九魔羅は、楽しそうに武蔵を見つめている。

男の死体が、再び、水の上を流れ始めた。

「螺力を使ったのか？」

武蔵が言った。

「へえ——」
九魔羅の、片方の眉が、小さく吊りあがった。
「あんた、螺力という名を知っているのか——」
「名前くらいはな」
武蔵が言った時、ふいに、武蔵は、それを味わっていた。
胸だ。
左胸の奥だ。
心臓に、ふいに、何かが触れてきたのだ。
指である。
指が、いきなり心臓に触れてきたのだ。
見えない指だ。
その感触が、はっきりわかった。
どういう触《さわ》り方かもわかる。
触れているものが、何であるのか、指で触れて、それを確認する時の触り方である。
触れてきた途端に、その指に力がこもった。
いきなり、その見えない指が、心臓を握り締めてきたのである。
夢中で、武蔵は、背の剣を引き抜いていた。

引き抜くと同時に、

「ぬうっ！」

叫んでいた。

全身の肉が強張《こわば》っていた。

叫び声と共に、武蔵の肉の裡から、気の塊りが迸《ほとばし》っていた。

先ほど、水中の魚を水面に浮かせた時よりも、さらに激しい気の爆発が、武蔵の肉から外に向かって疾ったのだ。

武蔵の周囲の水面が、巨大な掌《てのひら》で叩いたように、音をたてて飛沫《しぶき》をあげた。

大気に、裂け目が入ってはじけるような音であった。

武蔵の心臓に触れていた力が、消えていた。

武蔵は、剣を構えたまま、九魔羅と見つめあったきり動かない。

「とんでもないやり方をする男だな」

九魔羅が言った。

「気の塊りで、螺力をふっとばしやがった」

微かな、称賛の響きが、その声には混じっていた。

にいっ、
と、九魔羅が笑った。

その笑みを消さずに、九魔羅は、手綱をさばいて、甲竜の首を返した。

大きな甲竜が動き出した。

「またな」

九魔羅は、背を向けながら言った。

甲竜が、九魔羅を乗せたまま、岸に沿って下り始めた。

武蔵が、大きく息を吐いて、肩の力を抜いたのは、九魔羅の姿が見えなくなってからであった。

「とんでもねえ男だぜ、あれは――」

左門が、岩の上でつぶやいた。

九魔羅と武蔵との間に、どういうやりとりがあったのか、左門にはわかっているらしかった。

姿が見えなくなってからも、甲竜が、石を踏み、木の枝を分けてゆく音は、しばらく続いていた。

その音がようやく消えた時、

「腹が減ったな――」

ぽつりと、武蔵が言った。

五

草原の斜面を、武蔵と左門は歩いていた。

斜面の所々に、櫟の老樹がある。

その老樹の根元を、一本ずつ丁寧に巻くようにして、道は、ゆるく登っていた。

草の斜面を、直接登る道ではない。

斜面の下方を左に、上方を右に見るかたちに、半分は斜面を横切るように続いている道であった。

獲《と》った山女魚は、武蔵と左門とで、全部、焼いて喰べた。

その後で、流れの水をたっぷり飲んでから、また歩き始めたのである。

少し先に、大きな岩が、草の中から顔を出していた。

その岩は、危ういバランスで安定を保っているように見える。

岩の谷側に、一本の太い櫟の老樹が生えていて、岩は、その櫟の樹に支えられて、谷に滑り落ちずにいるようであった。

空は、晴れていた。

風が、やや強くなったようであった。

斜面の下方から吹きあげてくる風に、絶え間なく草がうねっている。

天を流れてゆく雲も、流されながらかたちを変えてゆく。ほんのしばらく眼を離していると、雲の形状が変わって、さっきまで見ていたのがどの雲であったのかわからなくなってしまう。

武蔵と左門とが、どちらからともなく足を止めたのは、さっき見えた大岩が、近づいてからであった。

武蔵と左門は、顔を見合わせた。

「気がついたか」

左門が言った。

「うむ」

武蔵が答える。

「血の臭いだな」

左門と武蔵は、再び歩き出した。

岩の前まできて、ふたりは、また、足を止めていた。

その草の上に、ふたつの屍体《したい》が転がっていたからである。

屍体というよりは、ばらばらにされた肉体の残骸とでも言った方がよかった。

「顔だぜ、これは――」

左門が言った。

草の中に、仰向けに転がっているのは、まさしく、顔であった。

脳天から真下に切り落とされた、人の顔の肉面である。

緑色の草が、赤い血に染まっていて、その血の中心に、その顔が上を向いているのである。

道の中央には、大きな胴がひとつ、転がっていた。

その胴にくっついていたのは、右脚が一本だけであった。

もうひとつの胴は、岩に寄りかかるようにして倒れていた。

その胴も、両腕と、首がなかった。

首は、少し先の草の中に、転がっていた。

右眼に、大きな穴があき、後頭部の右側が、四分の一ほど消失していた。

その他、腕や、脚が、あちこちに散らばっていた。

「ひでえな、こいつは――」

武蔵がつぶやいた。

「こんなにまでするとはな」

左門が言った。

「いや、こんなにまでする必要があったようだぜ」

武蔵は左門に視線を送った。

「必要?」

「ああ。ここまでしなければ、こいつらは殺せなかったってことだな」

「ほう……」

「こいつら、蛟《みずち》族だ──」

「ははあ」

左門がうなずいて、

「すると、さっき、川の上流から流れてきたのも蛟か──」

武蔵を見た。

「だろうな」

「これだけのことを、誰がやったのだろうな──」

「さっきの、あの男だな」

武蔵が、草の上を指差した。

そこに、大きく足跡がついていた。

甲竜のつけた足跡であった。

「あの九魔羅というのが、ひとりで、蛟相手にこれだけのことをやってのけたのだろう」

左門が言った。

言ったばかりの左門の唇が、浅く吊りあがった。

左門は、視線を武蔵と合わせ、
ち、
舌を鳴らした。

「屍体を眺めているうちに、囲まれちまったようだぜ」

武蔵は言った。

「そのようだな」

武蔵は、一歩、左門に歩み寄って、背を合わせた。

「出て来いよ、もうバレてるぜ」

武蔵が言った。

その声が、風に乗って、斜面に広がった。

わずかにためらうような沈黙があった。ひとつ、またひとつと、斜面の草の中に人影が立ちあがった。

全部で、八人の姿が、草の中に立ちあがった。

囲まれていた。

「八人か」

武蔵がつぶやいた。

「信用するなよ。まだ隠れてるかもしれねえ――」

左門が言った。

「わかってるさ」

落ち着いた声で、武蔵が言った。

その間にも、ふたりを囲んだ八人の輪が、縮まってくる。

その輪は、微妙に、間合いをはずした位置で、動きを止めた。

男が、七人、女がひとりであった。

八人全員が、身に武器を帯びていた。

「モロコ」

「オイカワ」

彼らが、草の上に転がっている屍体に眼をやって言った。

モロコとオイカワというのが、草の中に転がっているふたつの屍体が、生前に持っていた名前に違いない。

ひとしきり、屍体に集まっていた視線が、武蔵と左門とに集まっていた。

ただひとりだけの女が、半歩、足を前に踏み出してきた。

「おまえたちが殺したのか？」

乾いた声で言った。

長い、艶やかな髪を、後方でたばねている女であった。
強い視線を放つ女であった。
鼻が、高く前に出ている。
化粧はしていない。
唇だけが、ふっくらと柔らかそうなピンク色をしていた。
ぼろぼろのジーンズを穿き、やはり、古い形の崩れたTシャツを着ていた。
そのTシャツの胸が、大きく前にせり出していた。
そのふくらみの先端に、小さく尖ったものがふたつ——乳首であった。
腰に、革のベルトを巻いて、そこに剣を下げていた。
「おれたちじゃない」
武蔵が、女を見すえながら言った。

（下巻に続く）

本書は1998年5月光文社より刊行されました。
なお、本作品はフィクションであり実在の個人・団体などとは一切関係がありません。

徳間文庫

混沌《カオス》の城《しろ》［上］

2022年10月15日 初刷

著者 夢《ゆめ》枕《まくら》 獏《ばく》

発行者 小宮英行

発行所 株式会社 徳間書店

東京都品川区上大崎三-一-一
目黒セントラルスクエア 〒141-8202

電話 編集〇三(五四〇三)四三四九
販売〇四九(二九三)五五二一

振替 〇〇一四〇-〇-四四三九二

印刷 製本 大日本印刷株式会社

ISBN978-4-19-894787-3 （乱丁、落丁本はお取りかえいたします）

徳間文庫の好評既刊

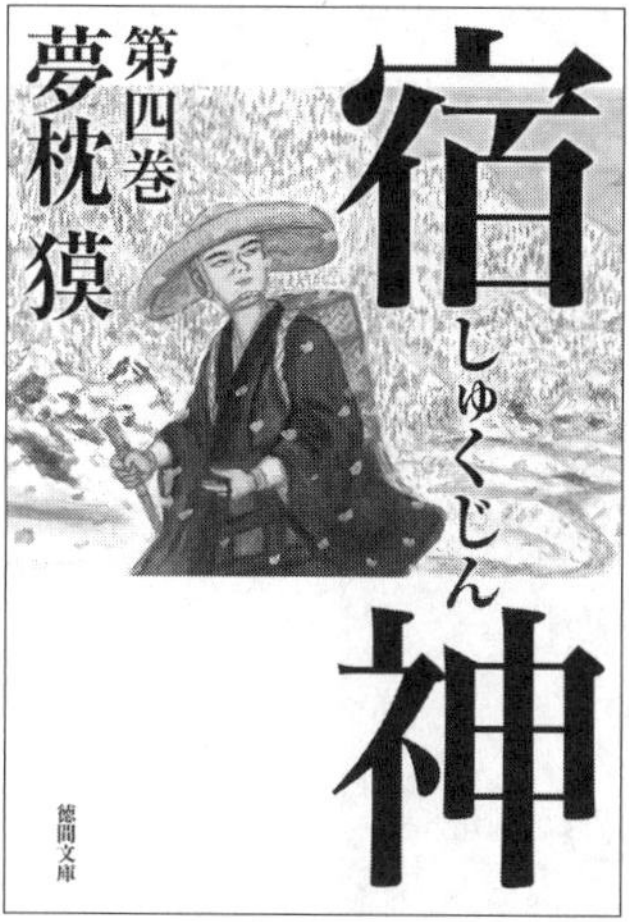

夢枕 獏

宿神《しゅくじん》 第四巻

宿《しゅく》の神、宿神《しゅくじん》——ものに宿《やど》る神《もの》。後白河上《ごしらかわじょう》皇《こう》は、あれを見ることは出来ずとも、感じることは出来ると言う。あれとは、花が花であり、水が水であり、葉が緑であり、花は紅きが如《ごと》く、自然《じねん》のものにござりましょう——西《さい》行《ぎょう》はそう、返した。保元《ほうげん》・平治《へいじ》の乱を経ても治まる気配無きこの世。西行とは、平安という時代の滅びを見届けさせるために天が地上に差し向けた人物であったのか……。